闻香少女

爱伊莎

III

最后的救赎者

[日] 上桥菜穗子——著　李　青——译

SPM 南方传媒　新世纪出版社
·广州·

主要人物介绍

爱伊莎·凯尔安： 拥有敏锐嗅觉的少女。西坎塔鲁藩王的孙女。

阿里奇： 前任“虫害之长”。深受拉奥信赖，如今在“虫之仓”工作。

拉奥·卡修加： 旧卡修加家族的家主。统领香使的大香使。

米吉玛·奥尔卡修加： 效力于香君宫的高级香使。拉奥的次女。

伊尔·卡修加： 新卡修加家族的家主。富国大臣。

尤吉尔·卡修加： 伊尔·卡修加的儿子。

尤马·卡修加： 马修的父亲，在马修十七岁时失踪。

凯尔安王： 爱伊莎的祖父。曾经是西坎塔鲁藩王，被赶下了王位。

米尔查·凯尔安： 爱伊莎的弟弟。

乌查： 凯尔安王的忠臣。抚养爱伊莎、米尔查，后来被他们亲切地称为“爷爷”。

塔克： 拉奥的表兄，生活在尤吉诺山庄。和妻子莱娜生了一对双胞胎儿子。

奥拉姆： 高级香使。新卡修加家族的亲戚。

奥洛奇·穆亚： 马修的部下。擅长驯犬。

奥毅拉： 现任“虫害之长”。阿里奇的徒弟。

米莉雅·奥格达： 奥格达藩王母。奥格达藩王阿古亚的母亲。

丘库齐： 西坎塔鲁藩王国的藩王。

奥德森： 乌玛鲁帝国的皇太子。继奥卢朗之后，成为皇帝。

目 录

第五章 饥饿的阴云

第六章　香君

终章　香君之路

第五章

饥饿的阴云

·1·

飞鸽来信

金黄的麦浪翻滚着荡向远方。

奥莉耶在麦穗间缓步穿行。每当风吹过，稻穗就沙沙作响。

香君久违地到访西坎塔鲁。为了一睹她为“救赎之稻”祈福的风采，西坎塔鲁人在种植区外的街道上排起了长队。每当奥莉耶轻轻挥舞手中的麦穗时，人群便发出一阵欢呼。

奥莉耶静静地走在田间宽阔的道路上，想着跟在她身后的爱伊莎。

虽然爱伊莎成为她贴身香使的时间还不长，但她们二人单独聊天的时候，奥莉耶知道了爱伊莎直到现在仍对这种新的奥乐稻心怀恐惧。

自从一年前马修把爱伊莎和奥拉姆从吉拉姆岛上救出来，帝国与藩王国的局势都发生了巨大的变化。

当时，就算在帝国本土，遭受奥约玛虫害的地方也越来越多。

帝国南部在大范围内出现了从未有过的高温多雨的天气。不知道是不是因为这个原因，再加上监测不够严密，很多种植地的奥约玛虫卵没有被及时发现，导致奥约玛虫害接二连三暴发。

得知这一消息后，藩王们开始质疑帝国提出的“奥约玛暴发是因为奥格达”的说法，开始担心虫害也会蔓延到本国。

就在这个时候，从吉拉姆岛回来的香使奥拉姆向伊尔 · 卡修加上报了一个消息：吉拉姆岛上生长着不怕奥约玛的奥乐稻。

原本被认为无法在海风中生长的奥乐稻，只要通过调整肥料的用量就能成活，不仅不怕奥约玛，还可供食用，产量也比原来高。——得到这一消息后，伊尔 · 卡修加立即将事情的来龙去脉禀告给了皇帝。皇帝同意由新旧卡修加家族联手带头推进此事。

伊尔 · 卡修加迅速采取行动，几天后就说服了奥莉耶，由她为通过新技术培育的奥乐稻祈福。

随后，他把奥格达藩王母邀请到帝都，协同拉奥 · 卡修加一起进行了会谈。

伊尔 · 卡修加当场与奥格达藩王母达成协议：藩王母告诉他如何培育这种奥乐稻，作为交换条件，对奥格达未经帝国允许，擅自种植奥乐稻的行为不予问罪，同时他答应向奥格达道歉，公开承认在发生饥荒时，没有向奥格达及时伸出援手，且惩罚过于严厉。

伊尔大力称赞奥格达藩王母，因为她发现了不怕奥约玛的奥乐稻新品种，并宣称这种奥乐稻是“救赎之稻”。此外，他不仅公开承认没有向发生饥荒的奥格达伸出援手，且惩罚过于严厉，还向皇帝进言，给奥格达送去充足的奥乐稻米拯救奥格达人民。

此后，在香君带领下，新旧卡修加家族全力对新的奥乐稻进行改良，承诺将收获的稻种免费分发给藩王国，并实现了这一承诺。

帝国的这一举动打动了藩王国人民。主动向奥格达认错，并诚心道歉的伊尔·卡修加也感动了藩王国人民。

一直被宣传抗虫害能力很强的奥乐稻遭遇虫害，藩王国的人民害怕挨饿，以致对帝国产生了不信任感，不满的情绪日益高涨。在这之后，他们心中的不满一扫而空，转而开始赞颂帝国。

看着在奥约玛侵害下仍顺利结穗的"救赎之稻"，人们喜极而泣，赞美香君的声音传遍整个帝国。

奥约玛仍旧停留在奥乐稻上，啃食着稻叶，但"救赎之稻"的叶子比原来的奥乐稻的叶子更大，不管奥约玛怎么吃还会长出新叶来，不会枯萎。此外，它的稻秆和稻壳都比原来的硬，不会被奥约玛吃掉。

虽然脱谷比以前费工夫，但米的味道没变，产量还提高了，所以人们都愉快地接受了多费点工夫脱谷这种小事。

或许是因为"救赎之稻"能促进奥约玛快速变异，奥约玛的繁殖速度快得惊人，不停地向四周扩散。现在，已经很少能看到没有奥约玛的奥乐稻了，看见这样的奥乐稻人们也不再觉得奇怪。

奥莉耶一边为道路两旁的稻子祈福，一边陷入沉思。

“爱伊莎现在还觉得这种稻子很可怕吗？”

一年前，他们刚从吉拉姆岛回来，奥莉耶就秘密在拉奥大师家中和他们见了一面。那时，马修说的话在她耳边回响起。

“爱伊莎似乎很害怕那种稻子。”

“害怕？为什么？”

“她也不知道为什么会觉得害怕。”

灯笼的光照在马修脸上，他的脸上有深深的忧愁之色。

“如果知道她为什么害怕，可以根据她的想法采取行动。”

“因为种植那种奥乐稻时用的肥料比‘最低下限’更少吧？既然第一代香君大人规定了最少要用多少肥料，并且下令绝对不能减少，应该有她这么做的理由。”

“……”

“你想想看。如果用比‘最低下限’少的肥料就能种出不怕奥约玛虫害的奥乐稻，为虫害所苦的香君为什么要规定肥料的用量不能少于这个量，以致奥乐稻无法战胜奥约玛呢？她之所以那么做，应该有不得不那么做的理由。用少于‘最低下限’的肥料种出的奥乐稻，可能会有一些不好的问题。就像你父亲所想的那样，可能招致某些灾难。爱伊莎是不是感觉到了这一点？

“爱伊莎也担心这一点，可她也不知道‘不好的问题’到底是什么问题。我想应该不是对人体的影响。吃过那种稻子的人身体并没有出现异常。

“只是，爱伊莎的直觉告诉她不能种植那种奥乐稻。”

奥莉耶感到一阵不安，她探出身子，抓住马修放在桌上的手。

“马修，爱伊莎是香君，真正的香君。爱伊莎觉得可怕的话，还是不要告诉伊尔为好吧？一旦告诉他，他肯定会让大家种植那种水稻的。”

马修缓缓地摇了摇头。

“我们没有时间了。”

他直视着奥莉耶，眼神一动不动。

“奥约玛扩散速度太快了！今天飞鸽传来的消息，你也听说了吧？”

“嗯。说是在利格达尔也出现了。”

“不仅仅是利格达尔。”

“什么？”

“我来之前刚刚收到消息，东、西坎塔鲁也有了。”

“……”

马修深深地叹了口气。

“用我们找到的办法，救不了所有的百姓。其他谷物的生长需要时间，产量也和奥乐稻没法相提并论。人口稀少的山村，靠我们的办法或许能熬过去，可倘若虫害蔓延到全国，我们就没有办法了。如果虫害能在半年内得到控制，没准能靠储备米熬过去。可如果灾情照这样持续下去，很多人会饿死。如果我们不能尽快找到消灭奥约玛的办法，那么能做的就很有限。”

远处传来一阵钟声，告诉人们已是午夜。

“我也相信爱伊莎的直觉。我也认为由此可能引发我们一直以来担心的灾难。”

马修低声说。

“如果可以的话，我也不想种植那种奥乐稻。可是，现在我们没有别的办法来避免那么多人饿死。”

“……”

“如果没有别的办法，就只能先走这条路。在路上遇到什么问题，再想办法解决。”

马修看到的，奥莉耶也看到了。

皇帝刚刚登上皇位，根基还很薄弱。一旦饥饿的恐慌在藩王国蔓延就会引起骚乱。邻国可能趁机发动战争。一旦陷入这样的恶性循环，就不光是饥荒那么简单了。

奥莉耶感到自己的手被马修的大手包裹住。

“奥莉耶。”

马修低声说。

“我失败了，没能在奥约玛暴发前，改变人们完全依赖奥乐稻为生的状况。现在，发生了这样的灾难，我只能小心翼翼地保护好这个裂开的容器，不让它碎掉。”

“裂开的容器……”

这不仅代表帝国，也代表着人们对香君的信仰。

奥莉耶知道人们已经开始议论纷纷。“为什么奥约玛会遭遇害虫？”“为什么香君大人不帮我们？”

感受到马修手心的温暖，奥莉耶觉得自己是如此无能。

伊尔一定会让自己为新的奥乐稻祈福。事已至此，她只能为它祈福。

奥莉耶在心里感慨道：“第一代香君大人不让人们种植的奥乐稻，我竟然要把它推广向全国。”

欢呼声不绝于耳。

天空湛蓝而高远，每当清风拂过，“救赎之稻”的芬芳便掠过奥莉耶的脸颊。

“爱伊莎从这种香味中听到了什么样的声音呢？如果我也能听到那些声音，或许能改变些什么吧。在我作为香君生活下来的岁月里，或许能做些什么真正对人们有益的事吧……”

被人们赞颂的声音鞭策着奥莉耶，她微笑着继续向前走去。

得知香君大人召见她，爱伊莎连晚饭也没吃，就往位于香君宫尽头的奥莉耶的房间走去。

守在门两边的卫兵看见爱伊莎后鞠了一躬，默默打开门，让她进去。

房间点着很多盏灯，可由于房间很宽敞，还是让人觉得屋里有些昏暗。房间的最里面摆放着香君的宝座，四周围着屏风。

从屏风后面散发出奥莉耶的气息。爱伊莎感觉到她和平日不同，情绪很激动。四周不见女官的身影，爱伊莎意识到奥莉耶提前屏退了她们，感到有些紧张。

“香君大人，我是爱伊莎·洛里奇。”

说完，爱伊莎听到奥莉耶说：“爱伊莎，到屏风后面来。”

屏风后面摆放着雕刻精美的火盆，散发出阵阵馨香。

爱伊莎一走进去，奥莉耶就从宽大的椅子上站起来，对她说：

“真不好意思，你还没吃晚饭吧？”

“没关系，有什么急事吗？”爱伊莎问。

奥莉耶点点头，拿起放在桌上的小纸条，说：“你看看这个。”

“这是飞鸽传来的信吧？”

“对，刚刚收到的，马修来的信。”

从奥莉耶的声音也能听出她很激动。

爱伊莎接过密信，看完不禁倒吸了一口冷气。

“吾父归。速派爱伊莎前往利基达村。”

“和异乡之间的通道打开了！”

听了奥莉耶的话，爱伊莎抬起头茫然地看着她。

“这封信是从天炉山脉山脚下的鸽舍送出来的。”

“……”

奥莉耶面露微笑。

“说起天炉的森林地带，你是在那儿长大的吧。马修多半是因为巡查国境，所以正好在天炉山脉那一带。恰好这个时候，我们俩都在西坎塔鲁，多么幸运！”

奥莉耶激动得脸都红了。

“去吧，爱伊莎，到马修身边去。”

奥莉耶眼里有一丝哀伤，声音有些嘶哑，她喃喃地说：

“我终于知道真正的香君，还有你母亲和马修的母亲出生在哪里了。‘异乡’到底是个什么样的地方呢？”

·2·
祈愿河岸

蔚蓝的天空映衬着白色的山峰。

不只是山顶，整座山都是白色的。

不仅山峰是白色的，就连山路两旁裸露的岩石也是白色的。道路两旁树木繁茂，红色的花、蓝色的花在树丛中悄然绽放，每当微风掠过，便随风摇曳。

“爱伊莎。”

和两个带路的男人一起走在前面的马修停下脚步，对她说：

“从这附近开始，路就不太好走了，地下还有空洞，一旦踩空很危险。你过来，我给你绑上腰绳。慢慢走过来，小心脚下。”

给他们带路的两个男人身材高大，皮肤黝黑。无论从他们的长相还是说话方式，都能看出来是“幽谷之民”。爱伊莎一看见他们，就觉得很亲切。

离开家乡已经六年了。年幼的弟弟已经长得比她还高，在帝都近郊的农园里当农夫。如果祖父没有被赶下台，他本应继任，成为藩王。可现在他和“幽谷之民”的男人们一样，皮肤被晒得黝黑，干起农活来十分娴熟。可爱伊莎反而觉得这样对他更好。

每每想到现在的境遇，她都会觉得自己太幸运了。差点被丘库齐杀死的他们，各自走上了能够发挥自己所长的路。如果父母在那个世界看见了，一定会很高兴吧。

自从踏进大崩溪谷，爱伊莎频频想起和父亲、母亲、弟弟还有乌查爷爷一起生活的日子。

因为在旅途中饥寒交迫，母亲病倒了，长时间卧病在床，所以快乐的日子其实寥寥无几。可尽管如此，直到现在，爱伊莎还能回忆在阳光下被母亲抱在怀里是多么温暖，还能想起母亲身上的气味。

或许是因为风中飘荡着青香草的气味，爱伊莎又想起了母亲说过的那句话。那是她在森林里迷路，被马修的伯外祖父救起来以后，母亲说的一句话。

“哦……所以你身上有青香草的香味啊。”

“母亲……”

凝望着白色的山峰，爱伊莎想起不知道藏在那座山里哪个地方的

“异乡”。

母亲和马修的母亲出生的地方，到底是个什么样的地方呢?

一想到很快就能见到亲眼见过异乡的人，爱伊莎十分兴奋。

在马修的故乡阿扎雷等着给他们带路的是祈祷者。他们是从深山里的祈祷所下来的，那里被称为“祈愿河岸”。

为了祈祷天炉的群山能够保持平静，造福人们，“幽谷之民”每年各从每个部落挑选一个年轻人去祈祷。被选中的年轻人要在大崩溪谷深处的祈祷所生活一年，为故乡的人们祈福。

在这群年轻人中，最顽强的那些将挑战“登顶之行”——在山顶献上祈祷。

通往山顶的道路陡峭而险峻，登顶之行危险重重。故而，成功登顶的年轻人会被伙伴们称赞“好汉”。

大崩溪谷四处散布着神秘的池塘，被人们称为“众神之口”。

当融化的雪水流经干涸的山谷时，会出现水质极佳的小池塘。而当山谷里的水干涸时，池塘突然消失，在它们所在的地方将出现一个通往地底的深坑。

相传住在大崩溪谷谷底的诸神，每当夏日来临，就将从长眠中醒来，张嘴喝光池塘里的水。

等到众神期待的冰雪融化的春天到来，美丽的池塘又会出现。

“祈愿河岸”就在这样的池塘岸边。从春天到初夏，年轻人们在池塘里沐浴。当池塘消失，深坑周围出现研钵状的草地，年轻人们便一边绕着草地缓缓而行，一边吟唱着赞颂天地的祈福之歌。

去年冬天很少下雪。据说在这样的年份里神灵会早早醒来。果然，在初夏到来前，池塘就消失了。

池塘消失，不久夏天过去，刮起了大风。

狂风呼啸，吹得人们不敢离开祈祷所。第二天早晨，年轻人们到屋外唱祈祷歌时，看见鸟儿在草地上空扑腾扑腾地飞着，猜想是有什么野兽死了。

食物短缺，他们想要是野兽还能吃就好了，于是朝着鸟群飞翔的方向走去。

在那里，他们看见了一个昏倒在地上的男人。

男人穿着奇怪的衣服，头发蓬乱，胡子刮得很干净，看上去很憔悴，但长得很周正。

男人身旁掉落着奇怪的虫子。那些虫子长得很像蝗虫，但比普通的蝗虫大，尤其是下颚大得出奇。鸟儿们争相啄食掉这些死虫子。

男人像是从这群蝗虫里走过来的，头发上、衣服上都密密麻麻地沾满了蝗虫的翅膀和腿。

年轻人们发现躺在地上的男人，很吃惊。因为那里是禁地，除了祈祷者与斋戒后前来祈愿的人，禁止其他人进入。他们把男人带回了祈祷所。

被带到祈祷所以后，男人醒了过来。可不管问他什么，他都不回答，好像丢了魂一样，只是呆呆地看着问他话的人。

行走，寻找神门之山尤吉拉，却没有找到任何线索。

可他说，尽管如此，每次来到这里，他就越发觉得“这里正是被描述成神乡奥乐玛茨拉的地方”。

如果真是如此，他们现在正一步步接近异乡。异乡真的像马修所想的那样，是帝国的缔造者与奥乐稻相遇的“神乡”吗?

“沿着山路往下走，流经谷底的河流，比碧玉还要绿。此乃幽玄之地，山谷低处，河流湖泊时隐时现……”

就算走在山谷里，还是能闻到奥乐稻的气味，这让爱伊莎脸色阴沉下来，心想:“都走到这里了，还是……”

被伊尔·卡修加称为“救赎之稻”的奥乐稻，在西坎塔鲁也被广泛种植。

沿着东、西坎塔鲁一路走来，不管在哪里都能闻到“救赎之稻”的气味。那种味道铺天盖地地袭来，就算进入大崩溪谷，也摆脱不掉。

爱伊莎原以为进山后就闻不到了，可谁知到了这么高的地方还是能闻到。虽然不同的地方气味浓淡不同，但没有一刻彻底消失。

气味不停地流动，就像河流越往下游水面越宽一样，离气味的源头越远，它扩散的面积越大。

所以，离气味的源头越远，越难闻到它的气味。

但是，奥乐稻的气味和其他植物的不同，不易散去。

像是山间升起的雾一样，被谷风推着爬上了山。

爬到干涸的山谷半山腰时，突然从远处飘来一股气味，拂过爱伊莎的脸庞。一瞬间，她全身泛起了鸡皮疙瘩。

“这是……”

一种从来没闻过的气味。

爱伊莎突然停下脚步。腰绳骤然绷紧，马修惊讶地回过头。

“怎么了？没事吧？”

爱伊莎茫然地看着马修的方向。

远处，有一大群东西在窃窃私语，飞来飞去，小声发出她从来没闻过的“气味之声”。

停下脚步，闭上眼睛，一种从未有过的奇妙感受涌上爱伊莎心头。

大地在呼吸。她感觉远处有一个巨大无比的东西在吸气、吐气，吸气、吐气。

“救赎之稻”的气味仿佛被什么东西吸住了，快速沿着山体向上攀升。未知的气味从远方飘来，好像在与它呼应。

明明是一种陌生的气味，可不知为什么，脑海中不断浮现出某个画面，似乎在遥远的过去，她曾在某个地方见过这样的风景。这令她无比怀念，也让她心生恐惧。

睁开眼睛，发现自己正迈步朝那个方向走去，爱伊莎止不住地颤抖起来。

马修跟带路的年轻人打了个招呼，朝她走来。

“爱伊莎，怎么了？”

肩上马修手掌的温度，让爱伊莎回过神来，她开口说：

·3·

来袭

爱伊莎站在晚风中，目送马修走进那座朴素的石造建筑。

刚才还晴空万里的天空阴云翻涌。风越来越大，吹过草地，发出呼呼的声音。

马修让爱伊莎一块儿进去，爱伊莎说“你先一个人进去吧”。父子俩久别重逢，马修终于要见到以为再也没有机会相见的父亲了。爱伊莎想如果她在场，他们或许会有些不自在。

带路的年轻人和其他年轻人一起走出祈祷所，在草地上漫步。爱伊莎听到他们吟唱的祈祷歌断断续续随风飘来。

草地上随处可见洼地。

研钵状的洼地中，最大的洼地中间有一个很深的洞，那就是“众神之口”。年轻人边吟唱祈祷歌，边绕着“众神之口”转圈，不时停下脚步，朝着“众神之口”深深鞠一躬。

青香草的香气扑鼻而来。那边的草地上应该长着青香草，虽然已经过了花季，但那清新的香味无疑是青香草的。

草地上飘来的不只有青香草的香味。

在来的路上闻到的那种陌生的气味，越靠近“祈愿河岸”变得越浓，现在已经能很清楚地闻到了。

草地上中间一个深坑的洼地那儿，不停地散发出那种气味。

那种气味和洼地里的“救赎之稻”的气味交织在一起，像编绳一样互相缠绕，缓缓在空气中流动。

“……快来……快来……快来……”

“救赎之稻”的气味和那种陌生的气味在风中翩翩起舞。

这种陌生的气味如果是从异乡飘来的，那么顺着它走，是不是就能走到异乡？爱伊莎一会儿觉得想去看看，一会儿觉得可怕，两种情绪交织着，在她心里翻腾。

风中隐约传来扑扇翅膀的声音。

四周已经暗了下来，看不清到底是什么东西，好像有很多虫子在飞来飞去。

专心看着那些虫子，爱伊莎突然感到一阵不安，全身的汗毛立了起来。

爱伊莎闭上眼睛。

眼前的风景消失，同时脑海中浮现出各种气味组成的风景。这一幕让爱伊莎心惊。

那些散发着陌生气味的虫子，似乎被“救赎之稻”的“气味之声”引导着，争先恐后地跳进这种味道里。

爱伊莎全身一震。

那些虫子是被“救赎之稻”的气味吸引来的！

爱伊莎睁开眼睛，看见那些年轻人朝着她的方向飞奔而来。他们一边跑，一边在脸前面挥着手，好像在赶什么东西。

带路的年轻人对爱伊莎说：

“……快进去！到处都是虫子！”

爱伊莎点点头，转身跑回祈祷所，打开门。年轻人们一边拂去头发和衣服上的虫子，一边走进屋。

爱伊莎也拂去落在肩上的虫子，快步走进屋，关上门。

“怎么了？”

马修从里屋走出来，惊讶地问。

“到处都是虫子！没法待在外面。”

“虫子？”

年轻人们纷纷回答。

“是蝗虫，不过和普通的蝗虫不一样，长得有点奇怪。”

“您父亲昏倒的那个地方也有很多这样的蝗虫的尸体。”

马修默默地听着。其中一个年轻人问他：

“您父亲怎么样？认出您了吗？”

马修脸上露出苦笑，用“幽谷之民”的话回答道：

“我不知道他有没有认出我。他睁开眼没一会儿就又睡着了。”

“这样啊。他一直这样，醒不了一会儿。”

“看起来是的。没关系，等他下次醒的时候，我再跟他说话试试。”

年轻人们点点头，走进厨房，准备做饭。

马修注意到爱伊莎的表情有些不对劲。等只剩下他们二人时，他走到爱伊莎身边，问她：

“你怎么了？脸色这么苍白。”

爱伊莎正要开口回答，突然听到屋里传来吼声，像是野兽的怒吼声。

马修转身跑进卧室，爱伊莎也跟在他后面跑进去。

马修的父亲尤马在床上半坐起身，抱着头，全身发抖。他瞪着眼睛，凝视着窗户的方向。虽然窗户关着，但能听到什么东西啪嗒啪嗒撞击窗户的声音。

“父亲！”

马修冲到父亲身边，抱住他的肩膀。尤马似乎很惊讶，盯着马修看。从他惊恐的表情看不出他知不知道眼前的人是他儿子，但他没有甩开马修抱着他肩膀的手。

突然，尤马的身体软了下来。马修扶着脱力的父亲，慢慢把他放倒在床上。

尤马闭上眼睛，很快就睡着了。

爱伊莎轻轻地走到床边，看着他的睡脸。

虽然很憔悴，但他和马修长得很像，身上散发着虫子的味道。

“马修大人……”爱伊莎低声说。

马修抬起头。

“外面那些虫子——长得和蝗虫很像的虫子……”

沙沙沙，屋外传来什么东西撞击墙壁和屋顶的声音。

“很可能是从异乡飞来的。”

马修瞪大了眼睛。

“它们身上散发着异乡的气味，是一种我从来没有闻过的气味。这些虫子很可能……”爱伊莎颤抖着继续往下说，“是听到‘救赎之稻’发出的呼喊声，才飞来的。”

整个夜里，都能听到虫子撞击门窗的声音。随着天色渐明，声音才慢慢小下来。

第二天一早，一个年轻人战战兢兢地打开门，向外张望，发出一声惊叫。

“啊！”

爱伊莎和马修一起走到屋外，被眼前的一幕惊呆了。

草地被染成了灰色。那些奇怪的蝗虫的尸体在草地上堆积成山。

还活着的蝗虫排成一行，像一根细细的带子，正朝着山脚的方向飞去。

马修闻着笼罩着草地的气味，嘟囔道：“确实是那种气味。”

他蹲下身子，把鼻子凑到蝗虫尸体上闻了闻，又抬起头。马修单膝跪在草地上，盯着蝗虫飞来的方向看。

“爱伊莎。”

不用问也知道马修想说什么。因为从昨天晚上开始，爱伊莎也一直在想同样的事。

“沿着那些蝗虫飞来的方向去找，或许能找到异乡的入口。就算半路上偶尔失去蝗虫的踪迹，你也能找到吧？”

“马修大人，比起蝗虫飞来的方向，我更想知道它们要飞到哪里去。”爱伊莎说。

马修沉默地看着爱伊莎。

二人就这样对视了很久，想着对方心里想的事。

最终，马修长叹一声，点了点头。

“……你说的对。我们得弄清蝗虫的去向。”

马修站起身来，往屋里年轻的祈祷者所在的地方走去。

爱伊莎说她一个人去找蝗虫就可以了，但马修说要和她一起下山。

终于可以和期盼已久的父亲团聚，只待了一天一夜，连一句话都没说上。可马修说什么也要走。

马修对祈祷者们说，他担心这些奇怪的蝗虫带来的危险会波及山脚下，请他们再帮忙照顾他父亲一段时间。

年轻人们欣然答应。带他们来的年轻人说要送他们下山，马修婉言谢绝，和爱伊莎一起离开了祈祷所。

追踪蝗虫并不难。因为蝗虫一直飞个不停，狭窄的山路上四处散落着它们的尸体。

眼看一只在她眼前飞来飞去的蝗虫，突然像断了线的风筝一样掉落在地上，爱伊莎不由得蹲下身，盯着它看。马修单膝跪在她身边，从怀里掏出一张纸，包住蝗虫的尸体，捡了起来。

“好轻啊……”马修眯起眼睛说，“比看上去轻多了。”

二人面面相觑。

“难道……”

“嗯。饿死的。”

蝗虫一只接一只地飞来。许多蝗虫飞着飞着就掉下去了，活着的继续往前飞。二人站起来，默默地跟在它们后面。

他们一直用眼睛追踪着蝗虫的去向。半路上，蝗虫成群结队地沿着悬崖峭壁飞向险峻的峡谷，二人无法再继续追踪。

“它们要干什么？”

马修从悬崖上方探出身，俯视着峡谷，喃喃道。

“马修大人。”

“嗯？”

看着蝗虫连成一串，像细绳一样往峡谷飞去，爱伊莎问道：

“你闻到这种气味了吗？”

马修闭上眼睛，脸往左右转了转，嗅着从峡谷飘来的气味。

然后，他睁开眼睛，说：“原来是这样，虽然很淡，但能闻到一点点‘救赎之稻’的味道。”

马修眯起眼睛，接着说：“离这里最近的是西达拉种植区。”

二人看着对方，点了点头，离开悬崖，朝西达拉种植区走去。

去西达拉种植区，要走一条和来时不同的路，可马修毫不犹豫地往山下走去。来的时候，请祈祷者带路是前往“祈愿河岸”的礼仪，其实他并不需要别人带路。

还不到中午，他们就走到了西达拉种植区。

“原来离得这么近啊……”爱伊莎心想。

因为“幽谷之民”不许种植奥乐稻，所以爱伊莎以为种植区应该在离得更远的地方。虽然同样是在大崩溪谷，可隔着一个峡谷，这一带不是“幽谷之民”的领地。这里的人们在领地交界处的斜坡上开垦出了梯田。

令人意想不到的是，西达拉种植区竟然在这样的地方：除了雪水融化，流经干涸的峡谷的季节，这里的水源只有雨水。收获后，要把稻米运走也很不方便。

“难怪能闻到气味。”爱伊莎心想。

虽然在走出森林前就闻到了气味，可当走出森林，眼前豁然开朗时，爱伊莎还是不禁停下了脚步。

碧空之下，蝗虫成群结队而至，一只接一只地落在“救赎之稻”上。

几个农夫一边挥舞竹竿，一边在田里走来走去，可他们这么做根本一点用也没有。马修往田里跑去，爱伊莎也小跑着跟在他后面。

“快来！快来！快来！”

“救赎之稻”发出的“气味之声”，像被什么吸引住了，翻腾着往山上飘去。沿着香味之路，那些奇怪的蝗虫飞奔而下。

“现在，明明没什么风。”爱伊莎心想。

可“救赎之稻”发出的“气味之声”却沿着山体往上飘去。

越靠近那种香味，就像穿过了一道肉眼看不到的墙一样，皮肤开始发痒。被和刚才不同的奇怪的气流包围着，爱伊莎脑海中浮现出几个字——“通往异乡的路”。

现在，和异乡之间的通道已经打开，“救赎之稻”的香气正源源不断地被吸入异乡。

于是，那些蝗虫循着香味形成的路，飞到这里来……

和在“祈愿河岸”时相比，爬满“救赎之稻”的蝗虫散发出一种完全不同的气味——象征着极度的兴奋与喜悦的气味。

“爱伊莎！”

马修冲她招手。爱伊莎跑到他身边。马修把稻秆拽过来让爱伊莎看。

蝗虫正贪婪地吃着稻秆上密密麻麻的奥约玛。

可能是蜕过皮的缘故，这只蝗虫比之前那些天上飞的蝗虫要大得多。稻秆剧烈摇晃着，可它毫不在意，张开巨大的下颚，大口大口吞食着奥约玛。

马修看着爱伊莎说：

“就像你说的，它们是响应‘救赎之稻’的呼喊声飞来的，它是奥约玛的天敌。”

爱伊莎正要回答，农夫们惊讶地走近他们。

“……你们是谁？”

马修站起来，给他们看了象征藩王国视察官身份的手环，说：“我是藩王国视察官马修·卡修加。”

爱伊莎也给他们看了香使的手环，说：“我是香使爱伊莎·洛里奇。”

农夫们吃惊地面面相觑。过了一会儿，其中一个农夫问道：

“请问，你们来是有什么事吗？”

马修平静地说：

“很抱歉，突然来访让你们受惊了。

“我们是追踪这些蝗虫而来的。我们没见过这样的蝗虫，在这里很常见吗？”

面对马修的问题，农夫们都摇了摇头。

“不，以前没有这样的蝗虫。”

“从前不久开始，不时会在山路上看见这种蝗虫的尸体。今天早晨来到田里一看，数不清的蝗虫飞来飞去，吓了我一跳。”

听了农夫的话，爱伊莎不由得抬头看了看马修。马修用眼神向她示意。

一个农夫皱着脸，挥了挥手臂。

“这些蝗虫很吓人，虽然能吃奥约玛是好事，可它们会变色。”

马修惊愕地反问：“变色？”

“嗯，也没准本来就有不同颜色的蝗虫，但就我所见，它们吃了奥约玛以后颜色就会改变。”

“我也这么觉得。不光颜色变了，肚子也变得很大。”

“这里能看到变色的蝗虫吗？”

马修问完，农夫们点了点头。

“您到这边来看，到处都是。”

蝗虫晃晃悠悠地从碧空中飞过，落在稻田里。

爱伊莎和马修一起，跟在农夫们身后往田里走去，不时用手拂去落在头上的蝗虫。

“……哎呀，这只就是，你们快看！”一个农夫大声喊道。

顺着他手指的方向看去，果然有一只大腹便便的红色蝗虫。

爱伊莎闻了闻，觉得有些奇怪。

“这种气味……”

这只蝗虫的气味和在天上飞的那些灰色蝗虫的气味有些不同。

“是不同种类的蝗虫吗？”

可是，除了腹部肿胀，身体呈红色外，它的体形和灰色蝗虫很像。

爱伊莎把脸凑近，想看得更清楚些。突然，她发现从下方也飘来同样的气味。

爱伊莎觉得奇怪，跪在地上，一看大为惊讶。——稻子根部周围有很多隆起的地方。

“爱伊莎？”

听到马修的声音，爱伊莎什么也没说，用手戳了戳隆起的地方。

爱伊莎出神地盯着土里的东西看。

“马修大人……”

爱伊莎从嗓子里挤出声音，抬头看着马修说：

“这是虫卵。——这些蝗虫开始产卵了……”

·4·

饥饿的阴云

午后，蝗虫在梯田上方飞来飞去。

“……如果就这么点的话，可能不会有什么大事。万幸。”

米吉玛仰望天空，在心里想，严肃的神情放松下来。

米吉玛在离大崩溪谷不远的马利基郡郡都的香使驿站碰巧遇到了马修，从他那里听说来自异乡的蝗虫大举来袭。

听他说的时候，米吉玛受到了很大冲击。但实际来了一看，似乎又没有那么严重。

米吉玛环顾四周，寻找爱伊莎的身影，看见她正蹲在稻田里。爱伊莎蹲在那儿干活，正好站了起来。

米吉玛正要开口打招呼，只见爱伊莎朝她挥了挥手。

“是啊，我怎么忘了。”米吉玛心想，脸上露出苦笑。爱伊莎就算没看见，也能通过气味闻到。

“……米吉玛大人！您来啦。”

从田间冒出头的爱伊莎，满头大汗。

“爱伊莎，你还好吧？看上去很累。”

爱伊莎苦笑着说：“我没事。”

“真的吗？那就好。别太勉强自己。”

米吉玛抬头看着在空中飞舞的蝗虫。

“你们说这种蝗虫能吃奥约玛？”

“嗯。您看。”

跟着爱伊莎一走进田里，米吉玛感觉全身被泥土和奥乐稻的气味包围了。

“没有奥约玛！”米吉玛心里一惊。

来的路上经过的那些稻田里，“救赎之稻”上爬满了奥约玛。可在这里，看不到那些黑色虫子。

“蝗虫飞来的时间还不长吧？已经把奥约玛吃得这么干净了？”

“是的，不过还有一些奥约玛。您看这边的稻子。”

顺着爱伊莎手指的方向看去，米吉玛看见一只大蝗虫正趴在稻叶上。

“这些蝗虫真大啊！”

不光身体，头和下颚也特别大。它们张开坚硬的下颚，把奥约玛一只只吃进嘴里，嚼一嚼，吞进肚子里。

吃杂食的蝗虫是约玛类的天敌。以前，在奥格达等地种植约吉小麦时，爱伊莎也见过蝗虫吃麦叶上的约玛的情景。但奥约玛的身体又大又硬，吃普通约玛的蝗虫根本吃不了它。

而眼前这只长相奇特的蝗虫正毫不费力地吃着又大又硬的奥约玛。

虽然这并不是什么令人愉悦的景象，但看着奥约玛被吃掉，爱伊莎也并不觉得讨厌。

“它们真的是奥约玛的天敌。”

米吉玛抬头看着爱伊莎。

“马修大人跟我说起蝗虫的事时，神情十分严肃。可它如果是奥约玛的天敌，就算在这里产卵、繁殖也没关系吧？或者说，反而是一件好事吧？”

米吉玛压低声音，接着说：

“也就是说，危害从神乡来的奥乐稻的害虫，它的天敌也在神乡。如果是这样的话，这也是天意吧。”

“……”

爱伊莎没说什么，阴沉着脸看着正在吃奥约玛的蝗虫。

“……爱伊莎？”

爱伊莎抬起头，问道：

“米吉玛大人，您能在这儿待多久？”

“马修大人希望我等虫卵孵化了再走，可我待不了太长时间。如果还要很久才能孵化，那我先回去一趟再来，或者再派其他人来。”

“是吗？”

爱伊莎眺望着田野，沉默了一阵后，开口说：

“不过，可能不用等多久这些蝗虫就能孵化了。”

“真的吗？”

“嗯。虫卵的形状已经开始发生变化。”

“哎呀，已经开始变了？”

“是的。您看这儿。”

爱伊莎拨开稻子，指着地面。

“……”

米吉玛神色一僵。地上密密麻麻地爬满了蝗虫，随处可见围绕着稻子根部产卵的雌蝗虫。这幅景象让人看了全身发凉。

爱伊莎指的那个地方做了标记，用废木材切成的细木条插在地里，上面用笔写着日期。

“这是产卵的时间？”

“对。我选了正在产卵的雌蝗虫，插上木条做好标记，以便知道产卵的时间。这是三天前产的卵。”

爱伊莎轻轻拨开表层土，露出一个包裹在卵鞘里的虫卵。米吉玛惊讶地拔高了声音。

“这么大的卵鞘！”

“嗯。比普通蝗虫的卵鞘要大得多。而且，一只雌蝗虫产的虫卵也特别多。”

香使必须掌握关于昆虫的基本知识。爱伊莎听过“虫害之长”阿里奇的课，也亲眼见过蝗虫产卵。

“阿里奇大师说有些种类的蝗虫，一只雌蝗虫每隔几天产卵三次，每次能产一百到一百六十个虫卵。而这种蝗虫每隔两天就能产卵五次，每次能产差不多三百个虫卵。”

“啊！”

爱伊莎指着另一个卵鞘给米吉玛看。

“这是差不多十天前产下的虫卵。我发现的时候，它已经在这里了，所以不知道具体的产卵时间。把它跟我来以后产的卵做了比较，我想大概是蝗虫十天前产的卵。”

看着那个虫卵，米吉玛不禁皱紧了眉头。

比起虫卵，它看起来更像是蛹，能清楚地看到里面有一只小蝗虫。仔细看，能看到它在动。

“看上去很快就要孵化了。”

爱伊莎点了点头。

“我想应该很快了。”

天色将明，透过门帘的缝隙隐隐可见亮光。

从半夜开始，爱伊莎每次醒来都能闻到蝗虫的气味。蝗虫的气味变得异常强烈，使得她一夜都没睡好。

“是夜里风向变了吗？”爱伊莎心想。

哪怕只有一刻也好，她想逃离蝗虫的气味。特别是今天早晨，她格外讨厌这种气味。

爱伊莎翻身转向米吉玛的方向，她睡在帐篷对面的床上，发出平稳的呼吸声。爱伊莎轻轻叹了口气。

米吉玛不怕来自异乡的蝗虫。

确实，就像米吉玛说的，如果那种蝗虫只吃奥约玛不吃其他植物的话，那它们就是从异乡飞来拯救奥乐稻的使者，没有什么好害怕的。

“……我为什么这么害怕？肯定忽略了什么。”

爱伊莎心里止不住这么想。她一直觉得不对劲，可却不知道到底哪里不对劲。

爱伊莎呆呆地望着帐篷的墙，继续思考。

西达拉种植区在山里，远离西达拉村，所以农民们在这里搭起帐篷，轮流来干活。他们有备用的帐篷，所以爱伊莎借住在这里。

农夫们应该已经起床了。

柴火味从隔壁帐篷飘过来。有人扒开炉灰，点燃了火苗。这个“气味之声”宣告着又一天清晨来临。

闻到那种气味，爱伊莎突然觉得眼前一亮。

“……‘气味之声’。”

爱伊莎掀开被子，坐了起来。怦怦怦，心跳越来越快。

“‘救赎之稻’还在不停地发出‘气味之声’……”

奥约玛几乎都消失了，可所有的稻子——就连那些没有被奥约玛侵害的稻子，也在不停地发出“气味之声”，而且声音比原来的更大。

一般来说，随着害虫的减少，草木的“气味之声”也会逐渐减弱。

“就是这个！”爱伊莎找到了一直觉得不对劲的原因。

就算没有了奥约玛，还会发出“气味之声”求助，是因为从异乡飞来的这些蝗虫吗？

“因为害怕异乡来的蝗虫，所以呼唤它的天敌……？”

害虫的天敌听到植物发出的“气味之声”而来，可这对这些植物来说并不完全是好事。

“它们呼唤的是别的虫，而那些蝗虫却因为偷听到‘气味之声’，从异乡飞来了？如果真是这样……”

就在这时，帐篷外传来了尖叫声。

“出什么事了？”

米吉玛被吵醒，睡眼惺忪地看着爱伊莎。

“不知道，我去看看。”

爱伊莎边说边迅速穿上衣服。米吉玛也赶紧起来。

比米吉玛早一步出门的爱伊莎，看着映入眼帘的景象，说不出话来。

太阳刚刚升起，无数虫子在阳光中飞舞。

比那种蝗虫体形更小的灰色蝗虫，像雾霭一样从“救赎之稻”上方飞过。农夫们抬头望着那片雾霭，惊慌失措，失声惊叫。

当那一团团灰色的“虫霭”飘落下来，包裹住“救赎之稻”时，爱伊莎听到了凄惨的叫声。——那是“救赎之稻”通过气味发出的悲鸣声。放眼望去，所见之处，所有的稻子一齐发出惨叫声。

这凄惨的叫声让爱伊莎忍不住用两只手捂住了鼻子。

“怎么了？到底发生了什么……”

边说边走出来的米吉玛瞪大了眼睛。

“那是……”

爱伊莎跑了起来。随着离稻子越近，她越明白发生了什么。

“爱伊莎！”

爱伊莎对追上来的米吉玛说：“虫卵孵化了！那些蝗虫的幼虫……正在吃‘救赎之稻’！”

米吉玛呆呆地望着稻子上密密麻麻的灰色蝗虫。

“怎么会？刚孵化，马上就……”

这些来自异乡的蝗虫一孵化出来就会飞。她们看的这会儿工夫，刚刚从土里孵化出来的幼虫就扇动着薄薄的翅膀飞上了天空。然后，它们马上俯冲下来，停在奥乐稻上，开始贪婪地啃食。就连那些奥约玛啃不动的坚硬的稻秆和稻壳，都能轻而易举地咬碎。

爱伊莎仿佛能听见小小的咔嚓咔嚓声。

鸟儿们看见蝗虫，飞过来吃起幼虫。可这对幼虫没有产生什么影响，它们的数量并不见少。

幼虫们的狂欢持续着。一天之内，西达拉种植区大半奥乐稻被蚕食殆尽。

幼虫们不光吃奥乐稻，还飞到周围的草木上，不知餍足地吃着。无数的虫卵一个接一个地孵化，灰色的蝗虫飞上天空又落下来，把奥乐稻和周围的草木吃得一点不剩。

在向农夫们承诺赔偿后，爱伊莎和米吉玛与他们一起放火烧了奥乐稻。她们想了各种办法，却没法阻止已经孵化的蝗虫飞上天空，逃离火场，向周边的森林和草原蔓延。

而且，这些幼虫的成长速度快得惊人。可能是在夜里蜕了皮，到第二天颜色变得更深，身体也长到成虫的七分长，下颚变得更大，翅膀也肉眼可见地变得更大更有力。

“救赎之稻”被一把火烧得精光。蝗虫悠然地从这些田地的上方飞过，飞向远方。

突然，爱伊莎听见像野兽一样的叫声。

她惊讶地朝声音传来的方向看去，只见农夫们跪在地上，仰头望着天空，号啕大哭。

眼泪顺着农夫们被烟熏黑的脸颊流淌，却没人顾得上擦眼泪。爱伊莎不忍心再看下去，移开了视线。

精心培育的稻子一粒不剩，就连平时放牧山羊的草地都被吃光了。今后的生活该怎么办？即使不看他们，爱伊莎也能真切地感受到他们的痛苦、绝望。

一个农夫突然回过头，哭得通红的眼睛看着爱伊莎。然后，他踉踉跄跄地朝她走了过来。

“香使大人……”农夫说。他的脸上沾满烟灰和泥土，泪痕斑斑。

“香君大人为什么要这么做？”

其他的农夫也走了过来。

“我们常常去参拜香君大人。虽然没钱每年都去，但还是大家一起凑钱，保证每两年一定有一个人去参拜。”

“是因为今年还没去参拜吗？所以香君大人生气了？”

爱伊莎无法直视他们的眼睛。米吉玛上前一步，平静地说：

“这场虫害不是你们的错。”

农夫的脸皱了起来。

“那是为什么？！香君大人为什么要这么做？！到底是为什么……”

米吉玛的声音依旧很平静。

“为什么会下雨？”

农夫不知所措地看着米吉玛。

“如果下大雨，山体可能滑坡，导致人们死亡。可如果一点雨也不下，庄稼和草木就无法生长。所有的生物都希望一切能‘刚刚好’，可神并不是这样创造这个世界的。”

“……”

“虫子也是如此。让人讨厌的虫子，对于以这种虫为食的鸟来说，却是它们维持生命不可或缺的粮食。”

米吉玛的视线从每个农夫身上扫过。

“香君大人从风中感知万象。所谓‘万象’指世间万物，并不光是对人类有益的东西，就像雨和虫一样。”

“……”

“香君大人遵守的是众神创造出的这个世界的法则，不光是看对人类来说是否有益。如果只看对人类是否有益，就会导致万象扭曲，天道轮回，最终也会危害人类。”

不知道他们听没听懂，农夫们只是默默地听着。米吉玛正要接着往下说，一个农夫皱起眉头打断了她。

“那又怎么样？”男人激动地说。

“我不懂什么万象不万象。比起这些，我想问接下来怎么办，怎么样才能得救。虽然我们没钱，但大家也会一起凑一凑，哪怕让一个人去参拜香君大人。作为回报，香君大人会救救我们吗？”

米吉玛叹了口气。

“香君大人并不是因为大家去参拜才保护大家的，就算你们只是在这里祈祷，她也会听到的。”

“那……”

“如果是该帮的事，香君大人一定会帮大家。我们在香君大人的指导下，也会尽全力帮你们。我们会努力争取让帝国免去你们的赋税，并且给你们发放救济粮。所以，请你们也坚强一点，做你们能做的事。”

或许是因为听到了“免除赋税”“救济粮”这些具象的词，农夫们冷静了一些，转身离开。但他们眼中还是有不满的情绪。

“他们并不想听道理。”看着他们离开的背影，爱伊莎心里想。

他们想要看到希望。

米吉玛对农夫们说的话，是她们成为香使时被灌输的——如果百姓问到，她们就这么回答。

奥约玛的灾情不断蔓延，爱伊莎也对绝望、愤怒的农夫说过很多次这样的话。

虽然有很少一部分人听到这番话时，面露“原来如此”的表情，但绝大多数人无法接受，一脸不满。

可就是这些人，在被“救赎之稻”拯救后，把以前的不满忘得一干二净，满面笑容，发自内心地感谢香君。

灾难发生时，想知道灾难发生的原因，是为了找到解决的办法。他们并不想听到“这就是这个世界的规律”之类的话，香使们也很清楚这一点。

尽管如此，香使们还是会说“自然规律”之类虚无缥缈的话，这一方面是为了让人们因为参不透而产生畏惧心理，另一方面是因为他们不能谈论香君的其他方面。

香君根本不可能像神一样拯救人类。

香使不知道这个真相，也不知道香君到底是一种什么样的存在。

即便如此，对于代替香君承受人们不满情绪的香使们来说，能说的也只有被灌输的这些话。

“米吉玛大人！”爱伊莎喊了一声。

米吉玛站在大火过后的奥乐稻田里，回过头来。

“米吉玛大人，请您回帝都去。”

“爱伊莎……”

“告诉大家发生的这场灾难。我留下来调查这些蝗虫。”

米吉玛点点头。

“是啊，我留在这里也帮不上什么忙。”

米吉玛正要转身往帐篷走，爱伊莎对她说：“米吉玛大人！”

“怎么了？”

“能请您在半路上买匹马，送到山脚下的西达拉村吗？听说西达拉村只有耕地用的马。请您买一匹跑得快的马送去。”

“好。我本来也打算送匹马过来，方便你回去的时候骑。”

“谢谢！麻烦您尽快送过来。”

米吉玛挑了挑眉毛。

“嗯？你要留下来调查一段时间吧？”

爱伊莎点了点头。

“所以我需要一匹马。”

“嗯？”

爱伊莎指着通往山脚下的路。很多颜色已经变深的蝗虫正沿着那条路往下飞。

米吉玛瞪大眼睛，喃喃道：“难不成！”

“就是您心里想的那样。那些蝗虫十有八九正往利基达种植区飞。”

“怎么会！这里离利基达很远。它们闻不到那么远的‘救赎之稻’发出的气味吧。这附近也有草木茂盛的地方，它们也许是朝那里飞呢？”

爱伊莎摇了摇头。

“如果是那样再好不过。不过，虽然很微弱，我也闻到了顺着那条路飘来的‘救赎之稻’的气味。”

“什么！”

米吉玛露出惊愕的表情，目不转睛地看着爱伊莎。

“离得那么远……你真的能？”

爱伊莎点了点头。

“气味的特征不会轻易消失。”

爱伊莎思考该怎么说，才能把自己的感受告诉对方。

“比方说，河边有一棵盛开的萨拉亚树，很多花瓣掉落在河面上。

在靠近那棵树的地方花瓣又多又密集，能看得很清楚，对吧？”

“嗯。”

“请您想象一下，在被水流冲刷的过程中，最初聚在一处的花瓣逐渐散开，散落在河面上。花瓣与花瓣之间的距离越来越大，花瓣因为被水泡久了，或是被鱼咬了，慢慢变成了碎片。不过，就算是碎片，我们看见了，也会觉得‘啊，花瓣漂过来了’，对吧？”

米吉玛说了一句“是的”。

“实际上，气味和花瓣不一样，所以刚才的比喻并不太准确。不过，出人意料的是，就算花瓣被吹到很远的地方，也能闻出来是萨拉亚花的气味。

“当然，比起距离很近的时候，远处的气味更难捕捉。就像在花瓣刚刚掉落下来的地方，捡到花瓣是件很容易的事情，可要捡起在水面上漂浮的花瓣的碎片就变得很难一样，离得越远，越难闻到气味。

“而且，就像花瓣飘落后，形状会变得和原来不同一样，在远处闻和在近处闻，闻到的气味也不太一样。

“不过，就像花瓣变成碎片也知道‘这是花瓣’一样，就算离得很远，我也能闻出是什么气味。

“特别是奥乐稻，它的气味十分独特，非常浓郁，黏糊糊的，不会轻易被风吹散。如果没有被风吹到高处，那种气味就紧贴着地面排成一队，匍匐前行。所以，奥乐稻的气味才能飘到很远的地方。

而且……”

犹豫了一下，爱伊莎接着说：

“现在，和异乡之间的通道已经打开了。我感觉奥乐稻的气味正在被吸进去。”

“……”

“我能感觉到‘救赎之稻’的气味正被源源不断地吸到异乡去。利基达种植区那边飘来的也是同样的气味。既然我能闻到，我想那些蝗虫也能闻到。”

望着飞走的蝗虫，爱伊莎说：

“那些蝗虫长得太快了。我听阿里奇大师说，有些蝗虫三个月迭代一次，可这些蝗虫迭代的速度或许比这更快。

“虽然我不愿意这么想，可如果那些刚出生的蝗虫，和它们飞到这里来的父母一样，飞去利基达种植区是为了吃奥乐稻上的奥约玛，然后产卵的话……”

米吉玛一脸惊恐地看着爱伊莎。

爱伊莎凝视着米吉玛，说：

“必须调查清楚那些蝗虫在多长时间内长大、产卵。从利基达往前，到处是‘救赎之稻’的种植区，像一条腰带一样，从西坎塔鲁延伸到东坎塔鲁，再延伸到帝国本土。”

米吉玛止不住地颤抖起来。

灰色的蝗虫成群结队地飞过。米吉玛怔怔地仰望着天空，嘴里念念有词：

“饥饿阴云，遮天蔽日。大地万物枯萎，人无果腹之食。”

米吉玛伸出手，紧紧握住爱伊莎的手。虽然没有说出口，但她的表情在对爱伊莎说：“啊，香君！救救我们吧！”

·5·

扩散

“……爱伊莎·洛里奇大人,请问您是香使爱伊莎·洛里奇大人吗?”

爱伊莎正前往位于利基达种植区东边的西马利基郡的郡都。半路上，一个男人骑着马，大喊着跑了过来。

爱伊莎拉住缰绳，停下马。

“是的，我是爱伊莎·洛里奇，你是?”

年轻人回答道:

“我是西马利基郡郡代派来的。郡代大人派我来迎接您，我正往利基达去。”

“郡代大人?”

“是的。大人奉高级香使米吉玛大人之命，召集了村长们等着您。请您随我来。”

爱伊莎点了点头。

米吉玛不仅给她送了马来，还帮她安排好了这些。

爱伊莎原本打算到达郡都后，先去拜访郡代，请他把尚未遭受虫害的种植区的村长们召集起来。多亏米吉玛，能省下很多时间。

现在，时间是最宝贵的。

前往郡都的路上，爱伊莎和在空中飞舞的“异乡的蝗虫”你追我赶。

幼虫飞行的速度并不快，如果快马加鞭的话，轻松就能超过它们。可跑得太快的话，马会很累。

虽然幼虫在飞行途中，不时地停在树枝上吃吃树叶，可它们一直在往前飞。爱伊莎总能看见前方的天空中有成群蝗虫在飞。

她只在想让马休息的时候停下来歇一歇，顾不上吃饭，拼命往前赶路，累得筋疲力尽。就算如此，她一点也不想停下休息。

在利基达种植区看到的景象深深刻印在她脑海中，挥之不去。

飞到利基达的蝗虫吃着奥乐稻的叶子，一次又一次蜕皮，不过短短几天时间就变成了成虫。一变成成虫，它们就开始疯狂地吞食奥约玛，接着就开始产卵。

但是，利基达的农夫们不同意火烧“救赎之稻”。他们没有亲眼见过虫卵孵化后会发生什么，跪在地上祈求爱伊莎必须先获得郡代大人的同意，说什么也不肯让步。

爱伊莎深知他们的心情，可等她来到郡都，说服郡代，得到烧田的许可，再回来的时候，虫卵肯定已经开始孵化。

从利基达开始，道路分成两条，分别位于犹他山脉两侧。

郡都所在的犹他北路有一个大的种植区，叫米尼利；犹他南路有两个大的种植区，分别是齐拉玛和吉哈那。

无论如何，一定要让虫灾在这里结束。因此，爱伊莎选择了留在利基达说服农夫们。但是，爱伊莎和农夫们之间谁也说服不了谁。不能火烧奥乐稻，时间一天天过去，虫卵同时孵化，悲剧再次上演。

等到终于能放火烧田的时候，很多蝗虫已经孵化，冲出火场，飞上天空，飞向远方。

看着蔚蓝的天空中滚滚升起的浓烟和无数蝗虫悠然飞走的身影，爱伊莎突然产生了一种错觉，觉得自己变得越来越小。

广阔的天空上，烟雾和像灰色的云一样流动的蝗虫。大火焚烧过后剩下的奥乐稻的残骸被蝗虫啃食，被大火焚烧的奥约玛。

“这就是这个世界的本来面目，人和寄生在奥乐稻上的奥约玛没有什么不同。”爱伊莎心想。

在这个不断发生灾难的世界上，我们只能一次又一次哀号着活下去。

右手仿佛还握着米吉玛汗淋淋、冷冰冰的手，还能感受到她的手在不断颤抖。

爱伊莎低头看着自己的双手——一双小小的手，什么也做不了。

“我根本不是什么香君。”她想。

只是一个嗅觉比常人敏锐的普通人。一个连农夫都说服不了的普通人。面对这样可怕的灾难，根本无能为力。

想哭却哭不出来。爱伊莎只能眼睁睁地看着蝗虫变得越来越多。

西马利基郡的郡代是个中年男人。他一脸困惑地听完爱伊莎的话，反问道：

“你是说放火烧掉‘救赎之稻’？而且是整个西马利基郡的？”

“是的。事态紧急，刻不容缓。如果不尽快烧掉‘救赎之稻’，阻止蝗虫孵化的话，不光是西马利基受灾，虫灾还将不断蔓延。”

郡代依旧一脸困惑。他摸着下巴上的胡须，用眼神询问村长们的看法。

村长们轻轻摇了摇头，用眼神恳求他不要接受爱伊莎的要求。

“可是，香使大人，”郡代说，“就算是……香使大人的命令……”

爱伊莎拼命忍住敲桌子的冲动，努力用平静的声音说：

“没有时间了。如果你亲眼看见在西达拉和利基达的稻田里发生了什么，就会明白为什么要这么做。就在今天，那群蝗虫已经到达这附近的米尼利种植区，吃掉‘救赎之稻’上的奥约玛，开始产卵。”

郡代没有回答，依然一脸困惑，只是脸上表情透露了他内心的想法——你一个小姑娘，吓唬谁呢？

“郡代！”

爱伊莎忍不住大声说：

“那些蝗虫不光吃‘救赎之稻’，连周围的草木也不放过。牧场的草也好，田里的菜也好，都会被它们吃得一干二净！吃饱以后，它们有力气飞得更远，就会以惊人的速度成长，繁衍生息，不断蔓延！”

“……”

“如果虫灾扩散到东马利基郡，你肯定会被指责为什么没有在这里拦住它们。到时候，你打算怎么解释？”

郡代沉默不语，一脸凝重，过了好一会儿才说：

“西达拉那一带稻穗还是青的吧。我们这里的稻子种得比那边早，再有一个月就能收割了。等收割完了……”

爱伊莎再次拼命压抑住想要怒吼的心情，说：“等不了一个月！到那个时候，整个西马利基就都遭殃了。”

“香使大人，”郡代想要安慰爱伊莎，“我绝对不是不尊重您。只是，您让我烧毁整个西马利基郡的‘救赎之稻’，这个问题实在太严重了，不是我一个人能决定的。首先，要派人到藩都去和藩王大人商量。”

爱伊莎盯着郡代的脸。

“哪怕光是米尼利也好！先把米尼利的稻田烧掉！现在，马上！”

郡代瞥了一眼其他男人，说：“不，没有藩王大人的允许……”

这个人也即将亲眼看见那样的惨状。到那个时候，他才会同意放火烧田吧。

可到那个时候就太迟了。

如果只是一块地，高级香使可以强行下令放火焚烧。可就算是高级香使，也无权下令烧毁全郡的奥乐稻。更何况以爱伊莎现在的身份，没有当地人的同意，连一块田地都无权烧毁。

爱伊莎看着眼前这些一点也不紧张的男人，脑海里浮现出那些咔嚓咔嚓吃着奥乐稻的蝗虫的身影。

那些蝗虫毫不拖泥带水——出生，起飞，吃东西，产卵。和它们的准确、迅速相比，我们人类的动作是多么迟钝啊！

看着眼前这些男人，一股无力感从爱伊莎心底生出。

“您就住在这里吧。”

被带进旅舍的房间后，爱伊莎坐在床上，两手捂着脸。

“怎么办？”她心想。

就在她思考的时候，异乡的蝗虫也在不断扩散。

只能祈祷米吉玛把情况告诉马修后，马修和拉奥大师能说服伊尔·卡修加下令烧田。就算伊尔马上下令，他的命令传达到西坎塔鲁最快也要一个月时间。

不，帝都的执政者们没有亲眼看见惨状，不知道那些蝗虫有多么可怕。他们感受不到危险迫在眉睫，恐怕需要一段很长的时间才能做出决定。

奥约玛带来的危机好不容易才过去，生活刚刚恢复平静。

如果现在下令焚烧“救赎之稻”，会发生什么？执政者们首先想到的应该是这一点。不可能很快做出烧田的决定。

“来不及了……”爱伊莎心想。

各种各样的气味从敞开的窗户飘进来。

尘土飞扬的街道上来来往往的运货马车的气味，呼朋引伴跑来跑去的孩子们身上的汗味。——午后的街道常常有这些气味。

突然，一股深深的疲倦感淹没了爱伊莎，她猛地瘫在床上，似乎所有的力气都被抽走了。

“凉凉的枕头真舒服啊！”这样的念头闪过，下一瞬间她就陷入了梦乡。

觉得身上有些冷，爱伊莎醒了过来，房间里已经暗了下来。

坐起身，正要伸手去关窗户，爱伊莎闻到了米吉玛的气味。

“……米吉玛？”

她一边想着米吉玛不应该在这里，一边点燃烛台上的蜡烛。这时，屋外传来脚步声，米吉玛的味道越来越浓郁。

“爱伊莎，我可以进来吗？”

听到门外传来的声音，爱伊莎连忙去开门。

米吉玛一看到爱伊莎的脸就说：“啊，抱歉，你在睡觉吧？”

“没有。”

爱伊莎退后一步把米吉玛迎进屋，问道：

“您怎么会在这里？没去帝都吗？”

米吉玛点点头，拉开椅子坐下。

“不想浪费时间去帝都。就算我去劝他们，他们也要花很长时间才能做出决定。与其这样，我觉得不如飞鸽传信，同时派人去禀告马修大人，由我去见藩王。我知道藩王因为定期巡查，到东马利基郡的郡都来了。”

米吉玛说她已经说服丘库齐，请他派了视察官前往各个种植区。

“好在丘库齐很果断。经过视察，他认为有必要马上烧掉稻子，就给了视察官烧田的权限。就算郡代不愿意，只要视察官认为有必要，也可以下令烧田。”

听着米吉玛的话，爱伊莎感到一直充斥心头的焦躁得到了缓解。

“米吉玛真是太厉害了！”爱伊莎在心里暗暗感叹。

同时她也为自己的不成熟感到羞愧，竟然没有想到应该先说服藩王。

爱伊莎眼前浮现出丘库齐的脸，想起在那个闷热的帐篷里，被人下毒，满身大汗的丘库齐。很难想象，那不过是几年前的事。

从马修赋予她新的人生的那一刻起，一切都发生了翻天覆地的变化。就算现在丘库齐见到她，恐怕也认不出眼前这个年轻姑娘就是自己当时下令处死的女孩吧。

尽管如此，主动去见丘库齐还是太危险了，但她压根儿没想到可以拜托米吉玛去。如果米吉玛没有采取行动，事态恐怕会变得更糟。

丘库齐是个思虑周全的人，擅长纵观全局，走一步看三步。他和郡代完全不同。爱伊莎很庆幸他是这样的人。

“这边的情况怎么样？”米吉玛问道。

爱伊莎详细述说了利基达发生的事。

听着听着，米吉玛一脸惊愕。

“五天？只用五天就产卵了？”

“是的。我到利基达的时候，它们已经开始吃奥乐稻，然后在那里蜕皮，变成成虫。接着，马上开始吃奥约玛，然后交配，开始产卵。我想它们产卵的时间和到下一个种植区的距离有关。不过，它们现在变得孵化后最短只需要五六天就能产卵了。”

“怎么会！怎么会这样？怎么会这么快就达到性成熟……”

“我也觉得难以置信。不过……”

爱伊莎一边思考，一边说。

“奥乐稻和其他植物很不一样，不论是生长速度还是韧性。异乡的生物可能和我们这里的生物完全不同。”

窗外传来男人们的谈笑声，听起来他们都很开心。这是因为结束了一天的劳作，现在要去喝酒吧。

爱伊莎打开放在桌上的记事本。

“这些来自异乡的蝗虫孵化后，先吃奥乐稻，吃光奥乐稻以后接着吃周围的草木。只需要一天一夜的时间，它们就能够长途飞行。

“然后，它们飞到其他有奥乐稻的地方。刚到一个新的地方它们不吃奥约玛，先吃奥乐稻。”

米吉玛探出身子，边看记事本，边听爱伊莎说。

“在这期间，它们一次又一次地蜕皮，一旦变成成虫，就开始吃奥约玛，然后交配，产卵。”

“然后，十天左右就能孵化。”米吉玛说。

爱伊莎点了点头。

“我们试过用杀虫剂，可一点用也没有。它们一旦孵化，就无法阻止。唯一能阻止它们的办法是，在接下来的十天里，当虫卵还埋在地里时，就把它们都烧掉。”

米吉玛沉默地思考着，过了好一会儿才开口说：

“它们把虫卵产在奥乐稻根部，对吧？”

“是的。虫卵像泡沫一样粘在根部。”

“这样的话，很难只把虫卵烧掉。”

爱伊莎又点了点头。

“必须把奥乐稻一起烧掉。”

合上记事本，爱伊莎说：

“蝗虫的数量在不断增加。如果不能及时把虫卵烧掉，每孵化一次，蝗虫的数量就会成百倍地增加。”

“这是一场和时间的较量。”

“是的。”

爱伊莎点点头，接着说：

“我在想能不能建一个防火带？”

“防火带？”

“嗯。在帝都的宫殿周围，有一圈空地，对吧？那里没有可以燃烧的东西，用来防止火灾蔓延到宫殿。类似这样的防火带。”

“啊！”

米吉玛突然瞪大眼睛。

“我明白了！如果能在蝗虫的幼虫飞来前，把‘救赎之稻’都烧掉，建立一个没有奥约玛的区域，就能防止它们产卵……”

说着说着，米吉玛的脸沉了下来。

“可是，这事做起来很难。”

“……是啊。”

就算蝗虫已经开始产卵，做出烧毁“救赎之稻”的决定尚且需要时间，更何况是让人们在蝗虫到来前烧掉“救赎之稻”。恐怕不得不采取强制措施。

米吉玛叹了口气，从放在地上的皮口袋里拿出地图，摊开放到桌上。这是给香使用的奥乐稻种植区的分布图。

“幼虫轻而易举地从西达拉种植区飞到了利基达种植区。也就是说，现在它们可能已经到达这一带……”米吉玛用手指着西马利基郡的西边说。

“是的。”

“爱伊莎！”从地图上抬起头，米吉玛说，“你说那些蝗虫是循着‘救赎之稻’的气味来的，而且你也闻到了那种气味。”

“嗯。”

“那种气味能传多远？你能估算出来吗？”

爱伊莎盯着地图，用手指比画着地形。

“要是能估算出来就好了，可气味会随着各种条件改变传播方式，不实际确认的话很难估算出来。”

“是吗？……你说的没错。”

看着地图，爱伊莎对着点头的米吉玛说：

“我也想搞清楚这个问题。如果由视察官负责烧田的事，那我想去调查一下这种味道能传多远，多远之外的蝗虫能闻到这种气味。”

“请你一定要查清楚。我也来帮忙。”

米吉玛抬起头，看着爱伊莎。

“到底要烧到哪里？这一点至关重要。”

爱伊莎看着米吉玛，点了点头。

然后，她再次低下头，手指着从利基达向东延伸的山地。

“因为有这座犹他山脉，从利基达开始，道路沿着山脉北侧和南侧分成了两条。”

“嗯，分成了犹他北路和犹他南路。”

“西马利基郡的种植区分布在这两条街道的沿线。从利基达往前，北路沿线有米尼利种植区，南路沿线有齐拉玛种植区。从利基达到这两个地方的距离几乎相同，所以从利基达飞出去的蝗虫应该也会兵分两路，往这两个地方飞。”

“这么想更稳妥。——我们也兵分两路去追？”

“不。”

爱伊莎抬头看着米吉玛。

“比起分头行事，我们还是一起行动的好。这样万一出现什么新的情况，我们也好商量。”

“嗯……你说的对。到时候可以一个人留下，一个人去报信。”

米吉玛点点头，盯着地图看。

“这样的话，我们应该走北路。从这里去南路沿线的齐拉玛的话，需要先返回利基达再南下。而且南路环绕着犹他山地，距离更远。”

“对。南路的种植区比北路多一个。如果不能放火烧田，那就只能眼睁睁地看着来自异乡的蝗虫飞来产卵，然后孵化。在这期间，沿北路前进的蝗虫可能已经到达东马利基郡。而且……”

爱伊莎指着地图上的一点说：

“西马利基郡与东马利基郡之间有一条齐达河，河道很宽。如果它能阻断‘救赎之稻’的气味，让蝗虫停留在西马利基郡，或许就不用建防火带了。”

米吉玛的视线离开地图，转到爱伊莎身上。

“那就这么定了。我们明天启程去米尼利种植区，确认蝗虫是不是到了。如果到了，就放火烧田。然后再沿北路到齐达河去。”

·6·

奥乐稻的印记

爱伊莎和米吉玛一起到了东马利基郡最西端的齐达种植区。

在米尼利种植区，视察官架不住郡代拼命恳求，答应再观察看看，结果错过烧田的最佳时机，导致异乡的蝗虫孵化后飞走了。

爱伊莎和米吉玛一起追踪着飞得很慢的幼虫来到米尼利。幼虫们毫不犹豫地越过位于西马利基与东马利基交界处的齐达河，来到了齐达。

视察官也来到了齐达。他明知幼虫已经飞来了，却还是没有下令烧田，坚持要先观察一段时间再说。

如果亲眼见过其他种植区的情况，他可能会做出不同的决定吧。但他只看到了齐达的状况，不听米吉玛的劝说，保持着谨慎的态度。

烧毁“救赎之稻”不仅对农民来说是一件痛苦的事，对各郡和藩王国来说也是一件痛苦的事。就算视察官被赋予了下令烧田的权限，也不会在没弄清受灾状况前就做出决定。

“我不应该那么说的。”米吉玛咬着嘴唇。

“我应该向藩王提议一旦确认产卵直接下令烧田，无须再观察。其他种植区现在肯定也面临同样的问题。”

爱伊莎点了点头，看着视察官。视察官背对着她们，正和一脸不安的农夫们交谈。

“是啊。即便如此，也比原来好多了。如果视察官们汇报了各地的状况，藩王应该会下令直接烧毁奥乐稻。让我们拭目以待吧。”

“嗯，你说的对。”

米吉玛叹了口气。

“不管怎么样，我们先做我们眼下能做的事吧。爱伊莎，你想怎么做？”

爱伊莎立刻回答：

“我想再过一次齐达河，可以吗？”

昨天渡河来的时候，有件事让她很在意。

“还是能闻到……”

就算到达河畔，来到桥边，还是能闻到“救赎之稻”的气味。

爱伊莎和米吉玛一起过桥，走到桥中间，气味虽然变淡了，却没有消失。

爱伊莎停下马。米吉玛看着她，似乎在问她怎么了。

“爱伊莎？”

“米吉玛大人，昨天我就发现了，这里也有‘救赎之稻’的气味。”

“……”

“虽然淡了一些，可是……”

爱伊莎闭上眼睛，闻着前方的气味，然后扭转身体，又闻了闻背后的气味。虽然由于风吹来的方向不同，有时能闻到，有时闻不到，可不论从哪个方向，都能隐约闻到“救赎之稻”的气味。从脚边也飘上来同样的气味。

“河流两岸都有‘救赎之稻’的气味飘过来。”爱伊莎说。

米吉玛沉默了一会儿，说：

“那也不奇怪，幼虫为了前往齐达种植区，飞过了这条河。”

爱伊莎点点头，盯着脚下看。

每天往来于桥上的运货马车留下的车辙重叠在一起，上面还留有马蹄印和人们的鞋印。所有这些都散发着“救赎之稻”的气味，比风吹来的香味更明显。

“……爱伊莎，你觉得哪儿不对劲？”

爱伊莎用手压着被风吹乱的头发，说：

“我在想，‘救赎之稻’的气味为什么能传到这么远的地方？而且就算被风吹散了，还能保留很长时间。

“这种气味和‘救赎之稻’本身发出的‘快来吧’那种声音又有

些不同。与其说是‘声音’，更像是‘体味’一样的东西，彰显着‘救赎之稻’的存在。”

爱伊莎牵着马，一边过桥，一边思考为什么会这样。过了桥，马踏上土路的时候，她突然发现了一件事，眯起了眼睛。

“……地上的气味。”

从地面散发出来的“救赎之稻”的气味，比在桥上闻到的更加浓郁。

“原来如此。”

爱伊莎缓声把心里的想法一点点说了出来。

“是因为‘救赎之稻’改变了土壤。

“即使过了河，气味也没有消失。这不仅是因为长在种植区里的‘救赎之稻’散发出了味道，也是因为从河流两岸的地面不断散发出这种味道。这种味道随着往来于这片土地上的运货马车的车轮、马蹄和人们的鞋底，被带过桥、带过河来。”

爱伊莎抬起头看着米吉玛。

“奥乐稻拥有强大的力量，甚至能使地里的生物发生变化。”

米吉玛点点头。

“我从塔克大叔那里听说了。他还说因此其他谷物在奥乐稻旁边都种不活。”

“是的。或许是奥乐稻从根部释放出了某些物质。这些物质渗入土地，改变了土壤的气味，使土壤发生了彻底变化，导致只有更换土壤才能改变土质。”

爱伊莎接着说：

“奥乐稻真的很特殊，它的气味也很特别，让人感受到它有一种和其他植物不同的力量。

“不仅是它的根部释放出的物质，它的气味也随风飘散，渗透进土壤里，从而使大面积的土地发生变化，改变了土壤的气味。”

爱伊莎用手指着地面。

“这块地也散发着‘救赎之稻’的气味。不是稻子本身的气味……很难解释清楚，该怎么说呢，给人的感觉是这是一种标志性的气味，告诉人们它因为接触过‘救赎之稻’，所以发生了变化。”

“什么？虽然这里不是种植区……”

“嗯。”

爱伊莎点了点头，将目光转向来来往往、扬起尘土的运货马车。

“虽然跟种植区相比，这里的气味淡得多，但还是能闻到。大概是因为运货马车的车轮、马蹄和人们的鞋底沾上了种植区的泥吧，这些泥日复一日、昼夜不停地落在地上，被踩得结结实实的缘故吧。”

米吉玛惊讶地听着。

“如果那些蝗虫闻到了这样的泥土的气味的话……”

爱伊莎说：

“遭遇奥约玛侵袭后活下来的奥乐稻改变了土地的气味，如果蝗虫闻到这种气味……”

意识到爱伊莎话里的意思，米吉玛的脸色唰地变白了。

“爱伊莎……”

爱伊莎感到握着缰绳的手臂泛起鸡皮疙瘩。

“河流之所以不能阻拦蝗虫，就是因为这个原因吧。种植区与种植区之间有高山的地方或许没事，但帝国与所有的藩王国之间都是通过道路相连的，道路沿线几乎都有种植区。

“这样一来，运输奥乐米和肥料都很方便，可种植区就像一张网一样被连接在了一起。”

“……”

“到处都种植了‘救赎之稻’。无论是帝国还是藩王国，只要能种的地方，都种上了‘救赎之稻’。只要种植地附近的土壤发生变化，蝗虫就能在气味的指引下，飞到任何地方。”

二人看着对方，陷入沉默。

过了一会儿，米吉玛叹了口气。

“先回去吧，先……”

没等米吉玛把话说完，爱伊莎就闻到了一股熟悉的气息。她把目光转向那个方向，看见一个身材矮小的老妇人骑着马，从路的那头向她们走来。

“阿里奇大师！”

米吉玛惊讶地叫了一声。

老妇人一手驾着马，一手和她们打招呼，来到她们跟前，熟练地停下马。她的动作很灵活，完全看不出来已经六十多岁了。

“大师，您怎么会在这儿？！”

米吉玛问完，阿里奇大师笑了笑。

“马修联系了我。他说从西马利基的郡都前往东马利基途中，想起我们正在天炉山脉进行调查，所以派人火速赶到了库吉村。”

“库吉村？您去那儿了？”

库吉村是一个山村，离大崩溪谷不远。

“嗯。以前听马修说过天炉有很多约玛，我觉得有点奇怪，和奥毅拉还有徒弟们一起去调查了一番。”

“哎呀，奥毅拉大师也在！真是太幸运了。”

奥毅拉是“虫害之长”，阿里奇大师是他的师父，曾经长期担任“虫害之长”。他们俩是整个帝国最了解害虫的人，这个时候竟然恰好在天炉山脉，这是多么幸运的事！

看着米吉玛和爱伊莎面露喜色，阿里奇大师笑着说：

“对我们来说也很幸运。只是，我们在深山里，等消息传到库吉村，匆匆忙忙赶到利基达种植区时，稻田已经全都被烧了。”

“啊……”

“然后，我听村里人说爱伊莎往西马利基的郡都去了。我猜她可能会从北路走，就和奥毅拉商量了一下：他带着徒弟们一边往前走，一边视察南路的种植区，我走北路去追爱伊莎，最后在齐达种植区碰头。可是，从利基达往米尼利去的路上，马伤了脚，折腾了一通。没办法，我只好把马放了，徒步走回了利基达。”

“哎呀！您走回去的？”

“是啊，太累了！我想在利基达再找一匹马，却迟迟找不到，费了很大一番工夫。

“如果奥毅拉没遇到我这样的事，应该很快就会到了。”

接着，笑容从她脸上隐去，阿里奇大师说：“太惨了！”

因为人们认为奥乐稻不会遭遇虫害，所以并不重视对害虫的调查。香使们认为专门研究害虫也当不上高级香使，所以很少有香使愿意到专门调查虫害——俗称“虫仓”的部门工作。

而阿里奇大师多年以来，一直在“虫仓”愉快地工作着。她很喜欢虫子，讲的关于虫子的故事都很有意思。在学习如何成为香使期间，爱伊莎经常到“虫仓”去听阿里奇大师讲故事。

年过六十后，阿里奇大师辞去了“虫害之长”的职务。虽然如此，但由于没有比阿里奇大师更了解昆虫的人，拉奥大师打破惯例，照旧给她发俸禄，请她继续在“虫仓”工作。

“爱伊莎。”

“嗯。”

“我看见种植区里的‘救赎之稻’连同蝗虫一起都被烧毁了，所以还不太了解实际情况。你调查蝗虫的生态了吗？”

“我没有这方面的专业知识，所以谈不上是调查。”

接着，爱伊莎把她知道的关于蝗虫的一切都告诉了阿里奇大师。

她说这些蝗虫可能是通过吃奥约玛获得产卵的能力，孵化后马上就能飞起来。突然，她意识到如果不透露自己拥有特殊能力的话，就没法说出蝗虫在“救赎之稻”的气味的引导下飞行这个信息。而这个信息又很重要，她不知道怎么办才好。

这个发现让她浑身发冷。

爱伊莎看着阿里奇大师，左右为难。

“干脆告诉阿里奇大师吧。”爱伊莎心想。

要想顺利渡过危机，必须准确地描述异乡的蝗虫造成的威胁。为此，难道不应该告诉大师吗?

正当爱伊莎准备开口说的时候，一旁的米吉玛打断了她。

“与其站在这里说这些，不如先让阿里奇大师看看蝗虫产卵的状况吧。天很快要黑了，我们趁现在回齐达种植区吧。”

阿里奇大师虽然感到有些困惑，还是马上说:

“这样也好，我想先看看它们是怎么产卵的。”

三人骑上马，沿着河畔前行，阿里奇大师走在最前面。爱伊莎思考起米吉玛打断她的原因。米吉玛大概是察觉到了她内心的动摇，借机制止了她，让她不要说自己拥有特殊能力的事。

爱伊莎看向米吉玛，发现米吉玛也在看她。四目相对的时候，爱伊莎意识到自己的想法是对的。

绝不能让其他人发现谁是真正的香君。——爱伊莎仿佛听到了这样的声音。

·7·

阿里奇大师

看到异乡的蝗虫正趴在“救赎之稻”上大快朵颐，阿里奇大师两眼放光，把脸凑近，仔细观察起来。

然后，她跪在地上，从腰间的皮袋子里拿出工具，挖开地面隆起的地方，采集像泡沫一样粘在根上的卵鞘。

阿里奇大师趴在地上，观察附近正在产卵的蝗虫，长时间保持同样的姿势，一动不动。

过了很久，她站起来，拍拍手上的泥，看着爱伊莎。

“你刚才说幼虫孵化后会立刻飞走，然后落在‘救赎之稻’上吃稻子，吃光稻子后就吃周围的草木，一天一夜就能长出强大的翅膀。随后，飞到最近的种植区，在那里拼命吃奥乐稻的叶子，每天晚上蜕皮，变成成虫后就吃奥约玛，对吧？”

“是的。”

“看来它是一等下颚长到能啃得动奥约玛，就开始吃奥约玛。原来如此。”

喃喃自语似的说完后，阿里奇大师又问：

“最短只需要五天就能变成成虫，这是真的吗？”

“是的。虽然没有做标记，所需时间也和到下一个种植区的距离有关，但我觉得差不多就是五天。”

“嗯，就算不是五天，也是几天之内就能变成成虫，吃奥约玛，交配，然后产卵，对吧？每隔两天产卵五次，虫卵十天就能孵化？”

“是的。我在虫卵上做了标记进行调查，只需要几天就能孵化应该是准确的。”

听完后，阿里奇大师叹了口气。

“……您发现了什么？”

米吉玛问完，阿里奇大师看着她。

“首先，这种虫子可能不是蝗虫。”

米吉玛和爱伊莎都震惊地瞪大了双眼。

“什么？！不是蝗虫？”

“嗯，至少和我所知道的任何一种蝗虫都不一样。”

说完，阿里奇大师用明快的语气继续说：

“虽然都叫蝗虫，但其实有很多不同的种类。这样的蝗虫，我从来没见过。四肢和翅膀的形状和我见过的蝗虫都不一样。还有，下颚的形状也不一样，触角也太长了。”

阿里奇大师指着正在吃奥约玛的蝗虫说：

“这样的蝗虫，哪本书上都没有记载过。也许是生活在异乡的种类，至少是几十年来一直调查蝗虫的我没见过的。只是……”

阿里奇大师接着说：

“如果这些蝗虫无一例外，都是吃奥约玛后才能产卵的话，那么我没见过，书上也没有记载，或许是很正常的。”

“正常？”

“嗯。说起来，奥约玛这种虫子，我也从来没见过。”

米吉玛小声“啊”了一声。

“奥约玛暴发的时候，我非常吃惊。只在皇太祖时代的记载里出现过的虫子，到底是怎么暴发的？虽然我们常说‘冒出了虫子’，但虫子也是生物，不可能没有父母。这样说来，如果不是一代代繁衍生息下来的，就不可能存活于世。”

爱伊莎被阿里奇大师的话吸引，差点忘了呼吸。

“但是，出现以前没有的虫子，也不是没可能。例如，某种虫子已经存在了很久，因为某种条件的变化，可能在某个时候突然暴发式地增加。还有可能某种虫子，因为某种原因，外形发生了变化。但是——”

想说的话很多，却很难把它们一一准确表达出来。阿里奇大师面露这样的表情，继续说道：

“太奇怪了。很多地方说不通。

“如果这种蝗虫吃了奥约玛才能产卵，那么如果没有奥约玛，它应该就无法延续生命。

“也有可能从皇太祖的时代开始，奥约玛就在某个地方繁衍生息至今。靠着吃奥约玛，这种虫子的生命也延续到了现在。只是，从奥约玛不把奥乐稻吃光就不肯罢休的状况来看，又不太可能如此。

“最有可能的是，因为某种原因约玛发生变异，变成现在的奥约玛。可如果是这样，这种虫子不吃奥约玛就无法产卵这点就说不通了。”

看着皱着眉头沉思的阿里奇大师，爱伊莎心想：“……在异乡，它们吃的可能是别的虫。这种来自异乡的蝗虫，在异乡或许可以通过吃我们这个世界所没有的虫子获得产卵的能力。”

它们是听到奥乐稻的呼喊声才飞来的，所以它们喜欢吃奥乐稻上的害虫这一点毋庸置疑。但是，奥约玛是这个世界的害虫，如果异乡没有奥约玛的话，它们在自己的家乡吃的应该是别的虫。

“而且，”阿里奇大师又开口说，“如果不吃奥约玛就不能产卵的话，它们把奥乐稻吃得一干二净也很奇怪。这么做和自寻死路有什么分别？我想不明白它们为什么要这么做。它们身上充满了矛盾。”

突然，爱伊莎对上了米吉玛的视线。

看她的表情，爱伊莎明白米吉玛此刻和她想的一样。

“阿里奇大师之所以觉得充满矛盾，是因为我们不了解它在异乡的生态……”爱伊莎心想。

除了奥乐稻，异乡可能还有别的稻子。在异乡，这种虫子没准可以通过吃别的稻子上的虫获得产卵的能力。

“对这种虫来说，我们所在的世界是个陌生的世界。”爱伊莎在心里想着。

飞到陌生世界来的它们，兴奋地啃食唯一吸引它们的东西——奥乐稻上的害虫奥约玛。为了活下去，它们连奥乐稻也不放过……

“或许是因为混乱、困惑，它们才做出了与平时不同的举动。”爱伊莎想到这里，一股凉意从心底流过。

如果是这样的话，更可怕。被迫停留在他乡的这些虫子，若因为面临生命危险而失控的话……

爱伊莎想把这种可能性告诉阿里奇大师，但米吉玛用眼神告诉她：“不能说！异乡之事，牵扯了太多秘密，决不能轻易说出来。”爱伊莎对米吉玛轻轻点了点头。

阿里奇大师陷入沉默，过了好一会儿，才叹了口气说：“总之，这种虫子对我们来说很陌生。我们完全不了解它的生态，是一种非常奇妙的未知的生物。

“还有一点我觉得很奇怪，在奥约玛最先出现的奥格达，并没有滋生这种虫。关于这一点，接下来还需要仔细调查。不过，这种虫子大规模暴发是因为这一带种植了‘救赎之稻’，这一点毋庸置疑。”

阿里奇大师说完，爱伊莎把视线投向稻穗已经变成金黄色的“救赎之稻”上，沉默地盯着金色的稻浪看了很久。

突然，一个想法跃上心头，她叹息似的说：

“‘救赎之稻’虽然战胜奥约玛活了下来，可也正因为如此，才被这些虫子吃，被大火焚烧。——自然规律真是无情啊！”

阿里奇大师摇了摇头，说：

“自然规律虽然无情，却很公平。”

她眺望着沙沙作响的稻穗，说：

“没有长盛不衰的生物。就算是奥约玛，虽然一度看起来是无敌的，不也像这样被虫子吃了吗？很快，它会变得越来越少。那样的话，这种虫子也会变得越来越少。

“有时，即使一度变得无比强大，一旦数量过多，便有可能在某个地方产生错位，从而导致灭亡，也有可能像奥约玛那样被天敌打败。”

阿里奇大师一边说，一边蹲下，示意爱伊莎她们也蹲下。

二人蹲下后，阿里奇大师指着地面说：“看到了吗？”

看着她指的地方，爱伊莎大吃一惊。——那里躺着来自异乡的蝗虫的尸体。

在此之前，她只关心它们产卵的样子，没有发现。仔细一看，发现地上到处散落着蝗虫的尸体。

“这种虫成熟得快，生下很多虫卵，繁衍后代，但它们的寿命似乎也很短。”阿里奇大师说。

她一边用手拍打膝盖上的泥，一边站起来，微笑着说：“如果它们的寿命很长就麻烦了。总算看到一点希望了啊。”

看着语气轻快的阿里奇大师，爱伊莎突然感觉一股热流从心底涌起。

被异乡的蝗虫延续生命的力量震撼，爱伊莎一度感觉人类战胜不了这种生物。

就连为了“活下去”这个最重要的目标，“人类”这种生物都有那么多的算计、困惑和犹豫，需要很长时间才能做出决定。就连让所有人都感觉到危机已经迫在眉睫都那么困难。

爱伊莎觉得人类无法战胜来自异乡的蝗虫。

但是，人类也有这样的力量。——从知识和经验出发，进行推理、思考，从而找到希望。

人有各种各样的能力。有像阿里奇大师这样的人，也有像米吉玛这样的人。如果每个人都能充分发挥自己的能力，或许能够与来自异乡的蝗虫抗衡。

“你的脸色好多了。”

被阿里奇大师这么一说，爱伊莎眨了眨眼，脸上露出笑容。

阿里奇大师也笑了。

“西坎塔鲁以前也发生过蝗灾。已经是很久以前的事了，你可能不太清楚。”

爱伊莎隐隐想起以前父亲跟她说过的话。

“……使人们要求种植奥乐稻的呼声高涨的那场灾难？”爱伊莎小声说道。

“从产卵到孵化需要十天左右？”

“是的，差不多。”

“如果是这样的话，最有效的办法还是修建类似防火带的空间。”阿里奇大师说。

“昨天，那些虫子，好像是从天炉山脉飞来的，为了方便起见，就叫它们‘天炉的蝗虫’吧。我看见它们产卵的时候，想到了这个可能是最有效的办法。”

奥毅拉大师也点了点头。

“我和您想的一样。在‘天炉的蝗虫’到来前，如果能把一定范围内的种植区里的奥约玛连同‘救赎之稻’一起烧毁，就算它们到达了那个地区，也无法产卵，不能繁殖。”

米吉玛瞥了爱伊莎一眼，说：

“其实我们也考虑过这个办法，问题是范围。您认为修建多宽的防火带才能预防虫害？”

“是啊，这是个大问题。”阿里奇大师说。

“如果烧的范围太大，造成的经济损失太大，还牵涉到与藩王国政治上的问题。可如果划定的范围太小，不仅不能预防虫害，反而可能导致受灾更严重。”

“关于这点，”奥毅拉说，“我让徒弟们调查了一下幼虫的飞行距离。”

听到这话，阿里奇大师眼睛一亮。

“哎呀！你调查了？结果怎么样？”

“说是调查，其实只是试着追踪了一下那群虫子，就像用棉花做标记，可能由于棉花本身的重量使结果产生误差一样，结果可能不是那么准确，但大概有八成把握知道它们能飞多远。”

奥毅拉用手指着地图上的种植区。

“幸运之神站在我们这边。在齐拉玛种植区和齐达种植区之间的吉哈那种植区，因为山体滑坡正处于休耕期。”

“啊！太幸运了！可是，它们已经到这里了……”

“嗯，有一些幼虫从齐拉玛飞到了齐达，所以确实有一些蝗虫可能飞到这里，但在途中已经死了很多。”

爱伊莎情不自禁地高声问道：“真的吗？

“也有幼虫飞不到这里吗？”

奥毅拉大师笑着点了点头。

“我看见很多幼虫在半路上坠地而死。也就是说，飞来这里对幼虫来说是极其困难的一件事，只有少数体力很好的幸运儿才能做到。

“如果是这样的话，那么这些蝗虫比起以前引起蝗灾的蝗虫，飞行距离要短得多。”

听着奥毅拉的话，爱伊莎想起了和马修一起在山里看到的景象。——成虫摇摇晃晃地飞着，在他们眼前掉落在地上。

“虽然不知道它们变成成虫后能飞多远，但这种蝗虫变成成虫后翅膀变小了。虽然它们的身体长大了，下颚也大到能吃下奥约玛，但翅膀反而没有幼虫结实。‘天炉的蝗虫’产卵后就会死去，所以应该问题不大。”

“啊……”

米吉玛看向爱伊莎，眼里闪着光。

“如果它们的飞行距离很短，那么就算‘气味之声’能够传到很远的地方，也没关系！”爱伊莎在心里想着，顿时感到轻松了许多。长久以来，压在她心底的紧迫感，以及因此而产生的不安消失，身体不禁微微颤抖。

“救赎之稻”烧焦的气味、农夫们的痛哭，一直刻印在她心里。她一直在祈祷，如果有别的办法不用烧田就好了。

哪怕能少烧一点，很多人就能因此获救。

“我们再查一查幼虫的飞行距离，然后划定防火带的范围，禀告皇帝陛下。”

阿里奇大师轻快地说：

“东马利基郡从托马利种植区往前有很多种植区，好在西部多是山地和荒地，种植区之间的距离比较大。”

阿里奇大师指着地图上的一点说：

“比如，和齐达种植区隔着一座山有西马萨拉种植区。如果幼虫无法飞到这里，就没有必要建防火带。就算飞到这里来了，西马萨拉种植区和下一个种植区托马利之间隔着一座托马利山，是东马利基郡隔得最远的两个种植区。我们先确认幼虫能不能飞到这里。”

说着，阿里奇大师看着米吉玛。

“……啊，不过，你说给藩王送了文书。等我们到种植区的时候，稻田没准已经烧完了。”

“是啊，有可能。我给被派往东马利基郡的视察官写了信，告诉他不要观望，直接下令烧田。”米吉玛说。

“有很多种可能，稻田会不会在我们到达前被烧毁还不好说。虽然您可能希望还没有被烧掉。”

阿里奇大师在脸前面挥了挥手。

“不不不，如果已经烧了就烧了吧，也是好事。如果能及时烧毁稻田，确保‘天炉的蝗虫’全部被消灭，就能使虫害得到控制。”

·9·

飞行距离

爱伊莎和米吉玛、奥毅拉大师一起，沿着托马利山脉山脚下的道路，向托马利种植区走去。奥毅拉大师的两个徒弟跟着他们一起走。

其他的徒弟和阿里奇大师一起走山路，前往托马利种植区。

从直线距离来看，翻越山岭路程要短得多，但山路险峻，而且每天晚上都要为露宿野外做准备。两路人马谁先到托马利还不好说。

在齐达种植区，阿里奇大师第一次亲眼看见“天炉的蝗虫”如何孵化。

面对铺天盖地的蝗虫，她不禁变了脸色，说这比以前的蝗灾更严重。

一群人分头行动，观察并记录幼虫如何啃食“救赎之稻”和四周的草木。蝗虫一飞走，他们就跟在后面离开了齐达种植区。

齐达种植区和西马萨拉种植区之间横亘着一座低矮的山脉，道路也依山而建，所以所有人一起走了山路。

看着飞行的幼虫，阿里奇大师说：“它们飞得真慢。

“以前发生蝗灾时，蝗虫飞得非常快，快马加鞭才能勉强赶上。而且它们一天能飞很远，我们根本没办法一直追着它们。但是，按照现在这些幼虫的速度，我们很轻松就能追上它们。”

阿里奇大师微笑着，仰头看着在天空中飞翔的幼虫。

幼虫以很慢的速度翻过了这座山，有一部分幼虫在翻山途中死了。虽然一行人祈祷幼虫能够全部死在山里，但还是有一大半幼虫翻越山岭，在第三天到达了西马萨拉种植区。

米吉玛给藩王送去的文书的批示还没送达视察官手里，他也还没下令烧田，所以这里也重复发生着和之前一样的事。

在幼虫孵化前，爱伊莎一行人一直在西马萨拉种植区观察。

不久，幼虫飞走了。阿里奇大师看着它们飞走的方向，觉得有些奇怪。

因为从西马萨拉种植区出发，如果要飞到托马利种植区，翻越山岭是最快的。可很多幼虫为了沿山麓飞行，先往南飞。也就是说，它们的飞行路线与前往托马利种植区的方向不同。

爱伊莎察觉到了它们这么做的原因，她在心里说：“……因为山那边没有‘救赎之稻’的气味。”

可能是因为托马利山脉是一片广袤的山地，岩石密布，没有种过奥乐稻，周边也没有种植区。

街道沿山麓延伸，除了山脚下有一点绿色，放眼望去都是岩石遍布的荒地。在这样的荒地上，即便是奥乐稻也无法成活。从这里到下一个种植区，就算骑马，路上也要住旅店，花几天时间。

但是，从街道那个方向隐约飘来了“救赎之稻”的气味。

“以前发生蝗灾的时候，只要是能吃的草木，蝗虫什么都吃，它们一个劲往食物多的地方飞。这次这些来自异乡的蝗虫以什么为路标？它们是怎么找到‘救赎之稻’的种植区的？”

阿里奇大师话音刚落，奥毅拉大师就说：

“这点我也觉得很奇怪。在西马利基郡的时候，我就发现它们没有选择距离最短的路，而是沿着街道飞到下一个种植区，就好像它们知道那个地方有种植区一样。我也想过它们是不是跟着‘救赎之稻’的气味飞的，就像虫子被花香吸引一样，可‘救赎之稻’的气味应该传不了那么远。”

听着二人的对话，爱伊莎和米吉玛交换了一下眼神。米吉玛用眼神告诫她“不能跟他们说你的能力”。

爱伊莎轻轻点了点头。

这个种植区和下一个种植区托马利之间的距离，比此前两个种植区之间的距离都远。

如果幼虫的飞行距离很短，飞不到托马利种植区，就没有必要告诉他们。当务之急是先弄清这一点。

街道上许多运货马车交错往来。

发生大规模虫害的消息想必已经传到商人们耳中。前往灾区西马利基郡的运货马车上装的大多是粮食，从西马利基郡往东走的运货马车上装的多是用于制作灰浆的石灰岩。

运货马车的车轮、马蹄扬起的灰尘中也带着微弱的“救赎之稻”的气味。幼虫们是靠着这种味道确定飞行方向的吧。

车夫们仰头看着天空，不安地看着像灰色乌云一样笼罩在自己头上的幼虫。

不时有幼虫掉下来，车夫们一边骂骂咧咧，一边用手掸落掉在头上的虫子。随处可见这样的情景。

可是，这样的光景在第三天突然为之一变。

在眼前摇摇晃晃飞着的幼虫，突然嗒的一声掉在地上。

看着这一幕，爱伊莎觉得很不可思议。

虽然很希望这些幼虫都死掉，可在心底深处她又觉得它们很可怜。

“从异乡飞来，为了活下去，为了留下子孙后代，拼命飞行，力竭而亡。对它们来说，活着到底有什么意义呢？”爱伊莎在心里默默地想。

天空乌云涌动，天色越来越黑，啪嗒啪嗒，雨滴开始落下来。

爱伊莎从行李里拿出油纸披上。雨势越来越大，已经看不清前方。冰凉的骤雨并没有持续太久，积雨云被风吹散，夕阳从云缝间透出，照亮了街道。

金色的稻浪在夕阳的余晖中起伏。眼前是托马利种植区。

“……怎么样？”

爱伊莎听见走在最前面的奥毅拉大师问徒弟。

“已经看不见了。刚才掉下来的幼虫似乎是最后一只。”

“确定没看错？”

“是的，就我所见，应该没错。”

二人的声音愉悦而兴奋。

听见他们的对话，爱伊莎很惊讶。——的确，前方没再飘来幼虫的气味。

离开西马萨拉种植区时遮天蔽日的幼虫群，在第三天出现了巨大的变化。

到第二天为止，幼虫们都很精神，不停地往前飞，不时地停在树上吃树叶。爱伊莎想它们会不会一直这么精神振奋地飞下去。但奥毅拉大师说：“暂且继续观察吧。从齐拉玛种植区往齐达种植区飞的时候，到第二天为止也是这样，但到第三天突然变得虚弱的幼虫越来越多。”

果不其然，到第三天，幼虫的状态发生了明显变化。摇摇晃晃，掉在地上的死虫子越来越多。活着的幼虫停留在树叶、草丛中休息的时间越来越长，一天的飞行距离只剩前一天的一半。

到第四天，幼虫已经不能称之为“群”。到天黑时，只剩下几十只。

到今天，这几十只变成了几只。刚才，最后一只也落地而亡。

紧跟在奥毅拉大师身后的米吉玛回过头，看着爱伊莎。夕阳柔和地照着她的笑脸。

爱伊莎也慢慢露出了微笑。与疲惫一同涌起的还有一股平静、安心的感觉。

“你太慢了。”

出来迎接的阿里奇大师拍了拍奥毅拉大师的肩膀说。

“师父，您到得真早。”

“山路出乎意料地好走。不过，我们也是今天上午才到的。”

“‘天炉的蝗虫’怎么样了？”

阿里奇大师笑容满面。

“看起来没有飞到这里。徒弟们分头行动，反复检查，应该不会出错。”

“山路那边怎么样？往那边飞了吗？”

“一只也没看见。明明走山路距离近得多，山也没有高到它们飞不过去。”

“是吗？”

“你们这边怎么样？”

“您也知道，出发的时候蝗虫铺天盖地，但到第三天，数量果然开始急剧减少。”

“和之前的蝗虫一样。从这点来看，幼虫果然飞不了太远。”

说完，阿里奇大师脸上露出有些疑惑的神色。

“不过，真不可思议。你不是说有些幼虫在半路上吃树叶、吃草吗？”

“嗯。这次有些幼虫也是如此。”

“在半路上补充了体力的幼虫也飞不远吗？”

奥毅拉大师点了点头。

“是的，这点我也觉得很奇怪。”

“你觉得问题还是出在‘救赎之稻’上？”

“我觉得很有可能。‘救赎之稻’含有一些它们无法从其他草木中获得的物质，如果长时间吃不到，它们可能就会死。”

“加快它们蜕皮速度的也是‘救赎之稻’。”

“是的。”

“不管是远距离飞行，还是加快蜕皮的速度变成成虫，都需要‘救赎之稻’。而且，它们不吃奥约玛就无法产卵……”

二人相视一笑。

“……太好了，真是太好了！”

阿里奇大师叹了口气。

“这样一来，虫害就能得到控制。”

“是啊，差不多该结束了吧。”

听到这话，米吉玛走到他们面前，深深地鞠了一躬。

“两位大师来了以后，一切都发生了很大的变化。谢谢！”

阿里奇大师高兴地说：

“是吗？要是帮上了一点忙就太好了。”

米吉玛重重地点了点头。

“岂止是一点。我深刻感受到有专业知识是多么重要。有些东西，没有专业的知识就发现不了。发现不了这些问题，就想不出有效的对策。两位大师起到至关重要的作用！”

米吉玛看着还在认真调查的徒弟们的身影，接着说：

“当然，也多亏了两位的高徒们。”

“听你这么一说，我感觉疲劳全消，神清气爽。”

阿里奇大师微笑着看着爱伊莎。

“能够这么快有所进展，多亏了米吉玛和爱伊莎你们俩从一开始就认真地进行了观察。爱伊莎，谢谢你。”

“哪里，您过奖了。”

爱伊莎红着脸，摆了摆手。

“我心里一直很慌乱。大师，您来了以后，一切都变了。我也深刻感到知识的重要性了。”

“哎呀，你这话说的真让人高兴。回到‘利亚菜园’以后，你可得跟那些爱偷懒的孩子好好说说。”

“嗯！”

微笑着听他们说着话的米吉玛说：

“您已经很累了，很抱歉在这种时候提这样的要求，能请您尽快把报告写出来吗？因为我要带到帝都去。”

奥毅拉大师点了点头。

“我马上写。我跟您一起去，直接向上头的各位汇报。”

“那可就太好了！”

阿里奇大师一边摸着腰，一边说：“我在这里再待几天。我觉得应该没事了，不过还是小心为妙。”

听到阿里奇大师的话，爱伊莎松了一口气。因为在内心深处，她还隐隐有些担心，想要确认“真的就这样结束了吗？真的已经没事了吗？”。

“米吉玛大人，我也想留下来，可以吗？”

米吉玛点了点头。

“当然，你再待几天吧。”

· 10 ·

变化

“太好了！太好了！”

拉奥大师用安心的语气说。

“奥毅拉大师说的太好了！经过他有条不紊的说明，皇帝陛下似乎也理解了。”

“陛下看起来也放心了。”

米吉玛说完，拉奥脸上露出了苦笑。

“听到虫害发生的消息后，陛下一直很担心。主要是发生虫害的地方太敏感了。”

米吉玛点头表示赞同父亲的话。

“偏偏是在西坎塔鲁。奥约玛暴发的时候，辰杰国也向丘库奇抛出了橄榄枝。这次的灾害如果再蔓延下去，保不齐丘库奇会动摇，投向辰杰国。”

看见米吉玛的视线转向自己，马修说：

“辰杰国新登基的王还年轻，正跃跃欲试，想要立下功勋，向诸侯彰显威望。如果他认为是个好机会，就算付出极大的代价，也有可能开出令丘库奇心动的条件。”

“奥约玛暴发时，虫灾从奥格达向东、西坎塔鲁蔓延，受灾范围很广，因此我认为丘库奇答应辰杰国的可能性很低。但这次不一样，受灾地区以西坎塔鲁为中心，东坎塔鲁毫发无损，所以我有些担心。”

东、西坎塔鲁本来是一个国家，叫大坎塔鲁王国。因为各氏族争权夺势，结果分裂成了东、西坎塔鲁。虽然它们都成了帝国的藩王国，也还是担心如果对方变得强大了，会不会把自己吞并。所以，一方势力被削弱，另一方就两眼放光。

如果西坎塔鲁因为担心东坎塔鲁发动进攻，通过与辰杰结盟获得兵力，那对帝国而言，无异于辰杰国在帝国版图的西部建起了一座桥头堡。

“不过，丘库奇是个善于审时度势、权衡利弊的男人，不会那么轻易地倒戈。只要我们不行差踏错的话……”

“可说到年轻，我们的陛下也很年轻啊。”

拉奥叹了口气。

“不管怎么说，万幸事态没有发展到不可收拾的地步。接到你第一封信的时候，我以为皇太祖笔下的‘饥饿阴云’终于出现了，吓出了一身冷汗。”

“我也是那么想的。”

米吉玛轻轻摸了摸胳膊。

“幼虫孵化时的情景，真的太可怕了，让人毛骨悚然！”

拉奥的视线落在报告书上。

“但是，这次的事，怎么说呢，对我们来说也有很多启示。那些虫子依靠‘救赎之稻’生存，大暴发后，也因为它而活不长……”

拉奥把目光转向了马修。

“正如你长久以来所担心的那样，和异乡的关系潜藏着危险。离大崩溪谷近的‘救赎之稻’都被烧毁了，我想应该没事了。还有从异乡飞来的蝗虫吗？”

“没了，”马修回答，“看起来那边的问题也得到了控制。——我把奥洛奇派去了，今天早晨他传来了这个消息。”

“是吗？！这下就……”

就在这时，敲门声响起。

“什么事？”拉奥问道。

门外传来负责通传的人的声音。

“有信鸽送来的信，给您送进来可以吗？”

“嗯，进来吧。”

拉奥话音刚落，门被打开，通传的人走进屋。他把小指大小的细竹筒递给拉奥，行了一礼，退了下去。

从竹筒里取出信，打开一看，拉奥脸色大变。

“出了什么事？”马修问道。

拉奥从信中抬起头来，说：“是爱伊莎来的信。”

“爱伊莎？信里写什么了？”

拉奥的脸色骤然变得惨白，无言地把信递给马修。

“……到底是为什么？怎么会？从哪里来的？”

阿里奇大师茫然地注视着眼前成群结队、数量惊人的幼虫，声音嘶哑地说。

停留在靠近托马利种植区的东马利基郡的郡都时，她们得知成群结队的蝗虫在多个种植地同时出现。

大概是因为太累了，送奥毅拉大师离开后，当天夜里阿里奇大师就发起烧来，卧床不起。二人在托马利种植区逗留了几天，想等阿里奇大师病好后再去郡都见郡代。恰好在那天，从各地视察官那里传来的消息陆续送达郡代手中。

“救赎之稻”的种植区散布在托马利种植区的东南部。传来的消息说那些种植区出现了大量蝗虫。

等爱伊莎和阿里奇大师赶到出事的地方，虫卵已经开始孵化，成群的幼虫正疯狂地蚕食“救赎之稻”。

“幼虫的颜色。”

爱伊莎嘟囔着，阿里奇大师也点了点头。

“颜色不一样了，比之前的幼虫颜色深。”

阿里奇大师跪在地上，开始盯着地面看。随后，她吃惊地大叫了一声：“爱伊莎！”

爱伊莎在她身旁蹲下。阿里奇大师用颤抖的手指着地面。那里还有没孵化的卵鞘——比之前常见的那种卵鞘大得多！

“它们变异了！在这么短时间内发生了变化！”

阿里奇大师额头上密密麻麻地布满汗珠。

“它们到底是怎么到这儿来的？难道有什么地方发生虫害却被我们忽略了？”

“……”

爱伊莎站起来，抬头仰望天空。

有些幼虫已经飞起来了。之前，蝗虫几乎是一起产卵，一起孵化，但在这里似乎存在时间差。

“为什么？有时间差意味着它们到达这里的时间不同？”爱伊莎在心里琢磨。

在视察官的命令下，农夫们开始到处点火，焚烧“救赎之稻”。烟雾随风飘来，刺得爱伊莎眼睛发疼。

“为什么到达的时间会不一样呢？”爱伊莎感到困惑不解。

从西马萨拉种植区起飞的幼虫，在途中几乎都死了。就算有侥幸存活下来的，也不可能飞到这里。

阿里奇大师也站了起来，用手掸了掸膝盖上的土，皱紧了眉头。

“它们到底是怎么到这里来的？这些虫子是怎么活下来，怎么找到这个种植区的？不可能是在飞行过程中偶然发现的。如果是那样的话，就和它们的生态不相符。——在飞行距离较短的幼虫时期飞行，没有‘救赎之稻’就无法生存下去。而且，它们就像认识路似的，在街道上方飞行。”

“街道……”

突然，爱伊莎想起了在街道上闻到的气味——往来的运货马车扬起的尘土的味道。把奥乐稻从种植区运送出来的运货马车在街道上奔跑，扬起的尘土散发出了“救赎之稻”的气味。

爱伊莎想起马车夫们骂骂咧咧地用手掸掉从空中掉下来的幼虫，突然一个想法浮现在她脑海中。

“……是运货马车。”

“什么？”

爱伊莎说完，阿里奇大师有些不解地看着她。

“十有八九是运货马车。街道上运货马车来来往往。成群结队的幼虫在马车上方飞行，有些幼虫掉在了马车上。”

阿里奇大师突然瞪大了眼睛。

“……啊！”

看着那些正在吃“救赎之稻”的叶子的幼虫，爱伊莎心想：“那些虫子不是‘掉’下来，而是‘停’下来了。”

散发出“救赎之稻”气味的尘土，满是尘土的运货马车。幼虫被气味吸引停在马车上，这样它们就不用自己飞行，保留体力，由此飞到了新的种植区。

“‘救赎之稻’的种植区几乎都在街道沿线。幼虫停在马车上，被运到这里。它们不用飞行，节省了体力，比一直飞的幼虫活得更久。如果是这样的话，也许在我们没注意到的时候，从西马利基郡种植区出发的部分幼虫，以这样的方式被运到了这附近。”

爱伊莎一边整理思绪，一边说。

“所以说，这里有还没孵化出来的幼虫，也有已经起飞的幼虫，因为它们到达这里的时间不同。”

阿里奇大师点了点头，表示赞同。

“你说的对！这样一来就说的通了。”

随后，她眯起眼睛说：

“而且，也许是因为这样它们才发生了变异。有些生物在面临生命危险时，身体会发生变化。如果它们也是如此，或许卵鞘也是因此发生变化的。”

“虫卵数量增加，就会有更多虫子活下来……”

“对于昆虫来说，产卵是一件很辛苦的事，极大地耗费它们的生命力，比较常见的是一次产很多小卵，或是一次产几个大卵。……不过，在以前那次蝗灾的时候，我发现了一件很奇特的事。”

“奇特的事？”

“嗯，引起蝗灾的雌蝗虫产了很多很大的虫卵。它们产了很多更强大，能够飞得更远的后代。”

“……”

“所以我很想知道它们为此付出了什么样的代价，只可惜从那以后就没有再发生过蝗灾，以致我一直无从调查。”

“那，这种蝗虫……”

“我不知道。这种蝗虫和那个时候的蝗虫不一样，不过是有这种可能性而已。”

“可是，虫卵体积确实变大了，数量也变多了。”

说着，爱伊莎感觉背后生出一股凉气。

“阿里奇大师！”爱伊莎凝视着她说。

“如果幼虫数量变多，藏在街道上来来往往的马车和人们的行李里，不断扩散，会发生什么？”

“……”

“如果不仅是虫卵数量增加了，幼虫们还能飞得更远，会发生什么？如果能飞起来的幼虫已经到达各个种植区，它们的身体也像这里的蝗虫一样发生了变化，又会发生什么？”

“……”

“到目前为止，蝗虫是先在一个种植区，然后飞到下一个种植区。可现在在许多个种植区同时出现了蝗虫。由于存在时间差，幼虫最初孵化时并不引人注意，有些幼虫在没有被发现的情况下飞走了。如果真是这样，又会发生什么？”

“爱伊莎……”

阿里奇大师的声音在颤抖。

“如果发展到那一步就无法阻止它们蔓延，蝗虫可能会扩散到整个国家，并在这片土地上扎根。”

说完，为了让自己平静下来，她又加了一句：

“不过，只是有这种可能，还得经过调查……”

爱伊莎摇了摇头。

“没有时间了。调查的同时必须采取行动。从这里往前，很多种植区都是挨着的。”

应该到西坎塔鲁的藩都去吗？到达之后，向丘库奇说明事情的来龙去脉，请求他把还没有遭到蝗虫袭击的那些区域的“救赎之稻”全都烧掉，把相当于半个西坎塔鲁那么大的区域修建成“防火带”吗？

“不行……”爱伊莎在心里哀叹。

就算是丘库奇，也不可能马上接受这样的提议。烧掉那么多稻田将造成巨大的损失，说服各地的氏族也要花很多时间。

从小，父亲和老臣乌查就告诉爱伊莎，西坎塔鲁的各个氏族是多么拼命地守护各自的领地。她很清楚可能引发什么样的争议。

就算是丘库奇的命令，只要他们不确定能得到让他们满意的补偿，就绝对不会同意把自己领地上的种植区建成“防火带”。

“更何况……”

不知道今后异乡的蝗虫会发生什么样的变化。运货马车不仅在西坎塔鲁，还在东坎塔鲁、奥格达、利格达尔以及帝国之间频繁往来。只要有几只蝗虫逃脱，虫害就可能蔓延到藩王国，甚至整个帝国。

“仅仅在西坎塔鲁修建‘防火带’无法阻止蝗虫，如果要彻底阻止它们……”爱伊莎脑海中浮现出一个骇人听闻的想法。

“我得去，去和马修大人商量，一刻都不能耽误。”爱伊莎在心里做出决定。

爱伊莎看着阿里奇大师，对她说：

“我要回帝都去说明这里的情况。大师，能请您留下继续调查吗？”

“当然。”

“在郡代那儿用飞鸽送出去的信上，我写了请求援助的事，来帮忙的人应该很快就会到。我一到帝都，也会马上说明这里的状况，请他们派帮得上忙的人来。”

阿里奇大师点了点头。

“拜托你了，爱伊莎！”

“您放心！”

第六章

香 君

·1·

御前会议

午后的阳光透过彩色玻璃装饰的天窗，照进大厅，照亮了地板上美丽的花纹。

大厅两侧排坐着各位诸侯，他们是帝国的重臣。大厅的一头是端坐在宝座上的皇帝。

大厅设计得很巧妙，虽说空间很大，可不论是诸侯议事，还是皇帝做出裁断，声音都能听得很清楚。

被提出的议案，都已经事先上书皇帝，所以皇帝很快就做出了判断。

尽管如此，因为要讨论的问题很多，还是花了很长时间。提出几个议案，得到皇帝旨意，提案人向皇帝深深地鞠了一躬，回到自己座位上。——从早晨开始，这样的场景反复出现。

现在，手握大权的马莱奥侯正在对他儿子的婚姻大事进行说明。贵族的婚姻与政治密切相关，需要获得皇帝的批准。

马莱奥侯之子的联姻对象家中似乎有个亲戚有点问题，在场的贵族们不时凑到一起，交头接耳。不过，坐在皇帝宝座两边的伊尔·卡修加和拉奥·卡修加对此似乎并不感兴趣，他们的视线落在手头的文书上。坐在伊尔旁边的是他的大儿子尤吉尔。他不时抬起头跟伊尔说些什么。

看着大厅正在进行的一切，爱伊莎想起拉奥说的话："我会提出你的建议，但肯定不会被采纳。"

由皇帝召开的这个会议，除了帝国的重臣外，只有与议案有关的人员才被允许参加。爱伊莎现在才明白拉奥不让"虫害之长"出席，却想办法让她作为"有关人员"参加会议的用意。

他想让爱伊莎亲眼看到，亲耳听到，她的提案不被采纳的背后错综复杂的原因。

在帝国的宫廷里，"各地遭到来自异乡的蝗虫袭击"这件事的紧迫性，甚至不如贵族的婚姻问题。

拥有广阔领地的贵族们，通过在领地上种植奥乐稻获益。农夫们缴纳的租税自不必说，他们还将剩余的奥乐米卖给其他国家，并以这些收益为基础进行各种各样的贸易。

一般来说，大米等谷物如果产量太高价格就会下降，但奥乐稻不一样。只有乌玛鲁帝国和它的藩王国才能种出奥乐稻，而且它的口感很好，其他稻谷根本无法与之相比。据说人们一旦吃过奥乐米就再也不想吃其他米了，因此奥乐米在其他国家也被誉为“米中宝石”，价格远远高于其他谷物。奥乐米以各种形式为诸侯、为帝国带来了财富。

为了不完全依靠奥乐稻，拉奥向诸侯提出了发展各种产业的建议。然而，开始新的尝试，需要金钱、时间和人才。长久以来已经习惯了通过奥乐稻快速获益的贵族们，几乎都不愿意尝试发展新产业。

“如果在他们的领地发生蝗灾……”爱伊莎心想。

他们肯定会脸色大变，追问皇帝事情的来龙去脉。可在遥远的藩王国的边境地区发生的虫害，对他们来说，眼下不过是一件与己无关的小事罢了。

他们应该已经听说一度看似已经平息的灾难正大规模再次暴发，可或许是因为之前听说过解决方案，他们丝毫没有感到危险已经迫在眉睫。

终于，马莱奥侯得到皇帝的首肯，向皇帝深深地鞠了一躬后落座。诸侯们在对皇帝不失礼的范围内，有的动了动肩膀，有的用扇子扇了扇风。

“咚！”随着通知下一个人发言的木槌声响起，拉奥站了起来。

爱伊莎紧张地看着拉奥，只见他缓缓向皇帝鞠了一躬，然后走上发言台。

“谨向皇帝陛下报告。”拉奥的声音传来。

“今天我要提的议案，因为报告昨天才送到我这里，所以没能事先上书，请您恕罪。”

拉奥向皇帝致歉。皇帝点了点头。

“你收到了什么报告？”

拉奥吸了一口气，朗声说：

“一度看似已经平息的虫害再次暴发，扩散速度比以前更快，正在大面积蔓延。”

拉奥的话似乎引起了诸侯们的兴趣，刚刚还神情松弛的他们把脸转向了拉奥。

拉奥简要说明了当前的情况。

随着拉奥的说明，松弛的神情逐渐从诸侯们脸上消失。

“拉奥大香使，能肯定再次发生虫灾是因为运货马车吗？”

待拉奥说完后，皇帝开口问道。

“报告说虽然目前还不能确定，但可能性很大。”

皇帝皱起了眉头。

“也就是说，事情是这样的：以前，虫害之长说，幼虫的飞行距离不长，所以如果在它能够飞到的距离内没有‘救赎之稻’的种植区，它们自然就会死亡。但现在幼虫不是自己飞行，而是混在运货马车上，通过这样的方式移动，所以虫害才会再次暴发？”

“是的，很可能是这样。”

“现在虫害已经扩散到东马利基的五个种植区了？”

“陛下，恕我直言。”

拉奥打开手里的文书。

“今天早晨，我收到了新的报告。虫灾已经超出东马利基郡的范围，扩散到萨达马郡。”

“什么？”

“而且，在短短的时间内几乎已经扩散到整个萨达马郡，大有越过郡界的势头。”

皇帝面露焦躁之色。

“丘库奇在干什么！没有及时烧田吗？”

拉奥说：

“恕臣惶恐。东、西马利基郡是马利基氏族的领地。丘库奇统一西坎塔鲁时，把当地的氏族迁走，交给他的姻亲治理，因而早就下达了烧田的命令。可是，萨达马郡是萨达马氏族的领地。

“萨达马氏族和丘库奇之间的关系很微妙，加上蝗虫扩散的速度太快，邻近的氏族迟早也会受影响，所以在税赋、补偿等问题上，各氏族之间协调起来有很大困难。”

皇帝低声说：

“如此看来，虫害短时间内不会平息？”

“是的。”

拉奥点了点头，看着皇帝。

“据在当地调查的前任虫害之长阿里奇大师说，非但无法平息，今后还有可能以极快的速度蔓延。”

诸侯们窃窃私语起来。

“从萨达马郡往东南一带，是西坎塔鲁最大的种植区域。眼下虫灾已经在萨达马郡发生，预计接下来将以惊人的速度扩散。蝗虫穿越西坎塔鲁到达东坎塔鲁只是时间问题，很可能用不了多久就会蔓延到帝国本土。”

大厅里越发嘈杂起来。

“什么？到帝国本土？”

皇帝拔高了声音。

皇帝的视线转向伊尔·卡修加。

“富国大臣，你收到这个消息了吗？”

伊尔·卡修加站起来，行了个礼。

“收到了。只是，此事处于由前任虫害之长阿里奇大师与香使调查汇报的阶段，因此目前全权由拉奥大香使负责。”

爱伊莎注视着伊尔，在心里嘟囔：“原来他说话的声音是这样的。”

爱伊莎原本以为伊尔的声音会很冷硬，原来他的声音很柔和，并不显强硬。

“伊尔·卡修加把前期的处置权交给了我们。”

爱伊莎一边回想拉奥说的话，一边抬起头望着伊尔·卡修加。

马修向她解释了拉奥的意思：伊尔很少一开始就出手。就算掌握了信息，他也不会马上采取行动，而是看对手怎么出招再设法应对。

皇帝静静地注视了伊尔·卡修加一会儿，说了一句“这样啊”。等伊尔落座后，皇帝再次把视线转向了拉奥。

“那么，拉奥大香使。”

“在。”

“你认为应该采取什么样的对策？”

诸侯们不再说话，注视着拉奥，大厅里落针可闻。

不久，在一片寂静中，响起拉奥的声音。

“陛下，我认为应该烧毁藩王国和帝国境内所有的‘救赎之稻’！”

这句话实在耸人听闻。

诸侯们都一脸震惊地望着拉奥。过了一会儿，你一言我一语地议论起来。有的人不禁失笑，有的人心绪不宁。

皇帝高举起右手，嘈杂的声音如同潮水般消失无踪。

“拉奥大香使。”

“在。”

“你提出这个对策应该经过了深思熟虑，但你不认为这个办法过于极端了吗？”

“是，这的确是个极端的办法。但是，我确信这是最好的办法。”

窃窃私语声再起。

爱伊莎一边听着那些说话声，一边感到强烈的震惊。

请把帝国全境，包括藩王国的“救赎之稻”都烧毁。当爱伊莎这么说的时候，拉奥摇了摇头，说“这不可能”。

不管爱伊莎再怎么解释，拉奥也没有退步。

即便现在，他也还是认为不可能吧。尽管如此，他还是当着皇帝、伊尔和诸侯的面，提出了“他的对策”，强调“他确信有必要这么做”。

就算他这么做是为了让爱伊莎死心，可另一方面也是为了保护爱伊莎，用自己做了她的挡箭牌。

“你确定？”

皇帝拧紧眉头。

“像你这么了解帝国情况的人，也认为这是最好的办法吗？”

“是的。”拉奥冷静地说。

“我知道这个办法实施起来很困难。可我之所以还敢提出这个对策，是因为我确信，只要我们不把所有的‘救赎之稻’都烧掉，就无法完全消灭被我们称为‘天炉的蝗虫’的这种害虫。”

皇帝眉头拧得更紧了。

“为什么？修建防火带不就能解决了吗？虫害之长也说考虑过这个方案，我也认为修建防火带是个好办法。只要修建一个没有‘救赎之稻’的区域，蝗虫就无法产卵，自然就会灭绝。”

“陛下！”拉奥说道。

“虫害之长汇报的那个时候，修建防火带或许可以解决问题，但我认为现在靠这个办法恐怕已经很难了。”

“为什么？”

“因为‘天炉的蝗虫’不断在发生变化。”

皇帝抬了抬眉头。

“变化？”

“是的。产卵的数量增加，身体变得更大，幼虫也能飞得更远了。”

震惊的神色出现在皇帝脸上。

“什么？在这么短的时间内？！”

“是的，陛下，这才是关键。为了活下去，那种蝗虫的变化速度快得惊人。”

大厅里鸦雀无声。

“虫害之长报告的时候，幼虫还飞不了太远。就算有侥幸存活下来的幼虫，只要修建防火带，让它们飞不到有‘救赎之稻’的地方，就有可能结束虫灾。可现在，幼虫的飞行距离变远了，数量也比原来多了很多。”

皇帝沉默地注视着拉奥。

“而且，虫子钻进了往来于种植区之间的运货马车上，藏到马尾巴和鬃毛上，混进行人的背袋里，被运到远方，根本不可能把它们都找出来，甚至有些幼虫可能已经钻进商队的行李里，被带进了帝国本土。”

寂静的大厅里，只有拉奥的声音在回响。

“所以，我提议把所有的‘救赎之稻’都烧毁。因为这是唯一一个能够彻底使‘天炉的蝗虫’灭绝的办法。”

拉奥不再说话。大厅里只有风吹过玻璃窗发出的一点声响。

突然，一个贵族站起来说：“陛下，请您允许我发言。”

皇帝点了点头。那个男人抬头望着拉奥，开口说：

“拉奥大香使，谢谢您对令人担忧的事态进行了详细的说明。但是，在我看来，您的提议还是太过极端了。”

“……”

“您的描述十分精彩，让人光听着就觉得十分不安。但冷静下来仔细想一想，就会发现，暴发蝗虫灾害的西坎塔鲁——远离帝国本土的边境之地。的确，蝗虫有可能已经钻进商队的行李里，被带到了本土。不能说没有这种可能。但前几天虫害之长说过，从产卵到孵化……嗯，需要几天来着？”

“十天左右。”

“啊，对，对。总之，有十天时间。命令农夫们一旦发现蝗虫，就确认它们是否产卵。一旦发现虫卵，就把那块地烧掉，不就行了吗？”

拉奥看着这个贵族，平静地问：

“乌泽拉侯，假设有几十只蝗虫飞进您领地上广阔的种植区里，您能马上把它们找出来吗？”

“……”

“如果蝗虫成群结队地飞来，人们能发现。可如果是几只蝗虫钻进运货马车上的货物里，悄悄产卵，一只雌蝗虫产的几百个卵都孵化了呢？然后，几千只蝗虫四散飞到周边的种植区繁衍后代，又会怎么样？到那个时候，要烧掉多少种植区？”

乌泽拉侯皱起眉头。

“如果真到了那个时候，恐怕要烧掉很多种植区，可即便如此，也比烧掉所有的‘救赎之稻’强吧？”

“是吗？请您想象一下，从今往后，每年都会发生同样的事。是每年都要烧田造成的损失大，还是把一季的稻子全部烧掉造成的损失大？”

乌泽拉侯陷入沉默。坐在他旁边的马莱奥侯站起来，要求发言。他的声音很浑厚。

“拉奥大香使，我认为即使以后每年都要烧，也比把整个帝国一季的稻子都烧掉造成的损失小。

“而且，您说的这些不过是假设吧。实际上，现在只有西坎塔鲁有蝗虫。就算要烧，也只要把西坎塔鲁，最多再把东坎塔鲁的‘救赎之稻’都烧掉就行了。

“再退一万步说，就算有蝗虫在这之后还能侥幸活下来，进入帝国本土；就算每次发生蝗灾的时候，都要把‘救赎之稻’烧掉，也不至于把整个帝国所有种植区里的稻子都烧掉吧。”

“……”

“哪怕只是把帝国本土和藩王国一季的‘救赎之稻’都烧掉，造成的损失不仅仅是奥乐稻的减少。这么做可能造成的危害是无法估量的。我们根据每季预计的产量，已经完成了下一季的交易。”

马莱奥侯激动得两眼通红，怒吼道：

“对于还没有波及本土的危险，夸大其词，煽动我们的不安情绪，试图让我们同意烧毁所有的‘救赎之稻’。拉奥大香使，恕我失礼，但我不得不认为您这么做另有所图。”

拉奥平静地反问：

“另有所图？”

“摆脱对奥乐稻的依赖。”

大厅里再次响起窃窃私语声。马莱奥侯提高嗓门说：

“从以前开始，您就一直提议不能只依赖奥乐稻，希望大家发展其他产业。可对我们来说，那么做效率太低，很难实现，所以赞成的人很少。您难道不是因此心怀不满，想借这次蝗虫的事推进这一政策？”

马莱奥侯眼梢吊起，气势汹汹地说：

“烧掉帝国所有的‘救赎之稻’？就因为你的假设，就要把我领地上根本没有遭受虫害的‘救赎之稻’全都烧掉？我绝不同意！”

许多诸侯表示赞成马莱奥侯的话。听着这些附和声，爱伊莎茫然地想起异乡的蝗虫铺天盖地的景象。

“我们要输了……”

输给那些只为了活下去而行动的虫子。

领主们也是为了活下去而发声。为了自己，为了家人，为了百姓。

然而，他们根本不去想接下来可能发生的一切。虽然也感到不安，但他们还是选择闭上眼睛，安慰自己不会发生那么可怕的事。

空虚像温水一样涌向全身。

爱伊莎看见在遥远的故乡西坎塔鲁，此时此刻饥饿的阴云也在不断蔓延。她听见农夫们悲惨的号叫声。

考虑到只依赖奥乐稻是多么危险，爱伊莎、奥莉耶、马修、拉奥和塔克大叔他们一起，一直在进行各种各样的努力。

只可惜大家的努力并没有取得成效。

费尽力气，也只是在马修的努力下，拉奥同意增加奥乐米的储备粮，所以现在帝国储备的奥乐米和稻种是过去的几倍。把这些储备粮都用上的话，即使把一季的稻子全烧光，帝国和藩王国也不会有人饿死。

但这只是眼前的解决办法。从长远来看，还没有找到办法，能让人们摆脱对奥乐稻的依赖。

虽然种植技术不断成熟，能够培育出不输给奥乐稻的谷物，可关键问题是没有人愿意种植奥乐稻之外的谷物。

在奥约玛造成的危机解除后，就连在奥格达山区，也没有人愿意继续种植约吉小麦和约吉荞麦。

“干脆就这样吧……”爱伊莎心想。让那些来自异乡的蝗虫为所欲为吧。也许只有到了种一次奥乐稻，就要放火烧一次的那一天，这个帝国的人才会醒悟。

到了那一天，人们无法再种植奥乐稻。

到了那一天，不再是人们一边种着奥乐稻，一边逐步发展其他产业，而是支柱产业在短时间内轰然倒塌。

“如果真的到了那一天，帝国能安然渡过危机吗？”爱伊莎不禁思考起这个问题。

就像一群狼一拥而上攻击受伤的羊一样，邻国会趁机发动进攻吧。

不用说筹措不出军费的藩王国，即便是帝国的诸侯，只要有好处，也会倒戈向敌国吧。在这一过程中，无数百姓被赶上战场，被战火烧死，沦落为奴隶。

帝国的覆灭不仅意味着皇权的消亡，更意味着许多百姓因此丢掉性命，遭受苦难。

“我已经看到了这样的未来，却什么也做不了。”只能孤零零地站在这广阔的大厅里，站在吵吵嚷嚷的帝国重臣们身后。

看着弱小、无能的自己，一个想法突然出现在她脑海里。

“不……”

爱伊莎抬起眼睛，注视着诸侯和皇帝。

“输的不是我们——是我！”

那个有所需为之事而不敢为的我。

爱伊莎从椅子上站了起来。

·2·

发言

皇帝奥德森看见一个女孩站了起来，她手上的香使手环闪着光芒。

在诸侯们只顾着吵吵嚷嚷的时候，她的身影看起来是那么与众不同。

奥德森举起右手。诸侯们一个接一个地闭上嘴。顿时，大厅里安静下来。

“……香使，你是有话要说吗？”

奥德森问女孩。诸侯们惊讶地顺着奥德森的视线望去。

女孩点了点头。

“恕我僭越，能请您允许我发言吗？”

她的声音有些颤抖，但很洪亮。

“你叫什么？”

“我是香君身边的香使，爱伊莎·洛里奇。此次，拉奥大香使让我作为与议案有关的人员前来觐见陛下。”

拉奥脸色微微一沉，但他还是马上说：“陛下，这位是与阿里奇大师一起在当地调查具体情况的香使。”

“原来是你。”

奥德森点了点头。

“允许你发言，你说说当地的情况吧。”

女孩深深地鞠了一躬，说了一句“感谢您允许我发言”，随后抬起头来说：

“离开那个地方之前，我亲眼看到了铺天盖地的蝗虫。这种蝗虫不仅吃奥乐稻，还会把所有的植物都吃光。在我最后看见的那个种植区里，周围的牧草、田里的蔬菜转眼间都被吃得精光，我听见农夫们的哀号。”

女孩继续淡然地说：

“刚才您说，如果发现蝗虫，把那块地烧掉不就行了吗？如果您看到当地的情况，就会明白为什么不行。就连西坎塔鲁那样土地贫瘠，种植区之间间隔很远的地方，蝗虫都能在瞬间扩散，根本无法控制。比起西坎塔鲁，帝国本土种植区之间距离很近，甚至可以说是紧挨着。蝗虫恐怕会同时侵袭多个种植区。更何况，这种蝗虫和奥约玛不同，不光吃奥乐稻，还会把牧草和蔬菜都吃光。”

诸侯们议论纷纷。

“那些蝗虫没法捕杀，也没法在飞行途中阻拦或杀死它们。一旦出现，我们根本无计可施。

“我们能够采取的防御措施只有一个，那就是防止它们产卵。”

在嘈杂的议论声中，女孩的声音格外清晰。

“为此，只能烧掉奥乐稻。但是，如果火烧农田，不仅奥乐稻颗粒无收，连稻草也没有了。如果牧草被吃光，又没有稻草的话，家畜就没东西可吃。谷物、蔬菜、水果，什么都没有。西坎塔鲁现在面临的就是这样的状况。”

女孩的话让人听了心里沉甸甸的。奥德森正听得入神，马莱奥侯却趁着爱伊莎喘气的工夫站了起来。

“陛下，请您允许我发言。”

奥德森内心有些焦躁，他还想再听女孩多说一些。

然而，他也不能不允许马莱奥侯发言，只好点了点头。

马莱奥侯转向女孩说：

“你是香使，为了支持拉奥大香使的提案才把状况说的这么悲惨吧。可那不过是发生在西坎塔鲁的事，蝗虫并不一定会到帝国本土来，而且拉奥大香使和你都忘了一件事。”

“什么事？”

马莱奥侯脸上露出笑容。

“刚才我就想说了，再过不久，我领地上的奥乐稻就要进入收获期。待收割结束后，再烧田，就能减少损失，还能建成一条广阔的防火带，完全不用采取‘烧掉所有稻子’那么极端的措施。”

女孩立刻摇了摇头。

“利用收割完的农田控制不了蝗虫。”

马莱奥侯挑了挑眉。

“为什么？”

女孩从怀里拿出几张纸，抬头看着皇帝。

“皇帝陛下，因为还在制作过程中，所以我还没把这些材料交给拉奥大香使，能请您看一看吗？”

奥德森点了点头。

“拿来我看看。”

女孩走过去，把纸递给站在宝座下方的侍从。

奥德森似乎就连侍从走上台阶，走到他面前的这点工夫都等得有些不耐烦。他打开第一张纸。那是一张地图，图上标注了帝国本土的种植区，用颜色加以区分。种植区旁边写着数字，画着箭头。

“这些颜色是……”

说到一半，奥德森突然明白颜色代表着什么。

“这是用颜色标记奥乐稻收割时间的地图？”

女孩脸上的表情亮了起来。

“正如您所言，陛下。这是我们香使随身携带的奥乐稻的收割时间图。”

“这些标注是什么意思？”

女孩说：

“请允许我为您说明。众所周知，根据种植区的气候条件，奥乐稻的种植时间有所不同。为了能尽可能增加收成，提高种植效率，我们香使针对不同地区，详细规定了每个地区什么时候播种，什么时候收割。”

奥德森点了点头。

“然后呢？”

“刚才，马莱奥侯说可以利用收割后的农田，所以没必要烧毁所有奥乐稻。可问题是，那些虫子会恰好都在收割结束后才飞来吗？”

听了爱伊莎这话，马莱奥侯的脸有点发红。

“而且，每个地区收割稻子的时间都有所不同。就算是相邻的种植区，因为农田所处海拔不同等原因，经常是一个种植区已经准备收割，而附近种植区的稻穗还是绿的。

“更何况，为了提高种植效率，一年四季总有某些地方在种植奥乐稻。”

女孩继续说。

“奥乐稻是一种非常特殊的稻子，不能用种植其他谷物的常识来衡量它。

“奥乐稻就算连续重茬种植，也不会降低产量。光是这一点，就说明我们对它还有很多不了解的地方。而且，它既耐寒又耐热。

“因此，和其他谷物不同，一年四季都有某些地方在种植奥乐稻。

只有积雪时节，大部分地区无法种植奥乐稻。可就算在那样的季节，依然有不下雪的地区在种植奥乐稻。”

奥德森的视线落在地图上。诚然，女孩说的没错。

“这些标注是我经过计算后写上的，包括收割期的不同、种植区之间的距离。”

奥德森皱起眉头。

“为什么要这么做？”

“……就算只有一点也好，我想能不能保留一部分区域的奥乐稻，不要烧掉。”

奥德森注视着女孩。女孩正抬头看着他，认真的眼神里藏着一丝哀伤。

“我也想过，就像马莱奥侯说的那样，即使‘天炉的蝗虫’进入帝国本土，只要烧毁收割后的田地，附近的种植区是不是就能幸免于难？只要在一定时期内禁止运货马车以及人员进出这些地区，是不是就可以挽救这场灾难？”

奥德森身体往前探去。

“结果呢？”

女孩摇了摇头。

“现在这个时节，根本找不到那样的地方。我和阿里奇大师结合我调查时蝗虫的移动距离、扩散速度、产卵等情况进行了计算，结果发现无论在哪个地区，只烧毁收割后的田地都无法控制虫害。

“就算在大雪纷飞的时节，有些地方没有蝗虫。可只要它们能在某个地方生存下去，虫灾就不会结束。等冰雪融化后，它们又会从四面八方飞来，吃掉人们种下的奥乐稻。”

大厅里鸦雀无声。

“更何况，离下雪还有很长一段时间。在雪季到来前，‘天炉的蝗虫’早就扩散到整个帝国了。

“这就是我认为必须把所有奥乐稻都烧毁的理由。在不同种植区，奥乐稻的生长情况不同。在这种状况下，利用收割后的农田，不可能修建出足够宽的防火带。

“要想修建足够宽的防火带，就需要在足够大的范围内统一种植时间，但现在开始这么做已经来不及了。考虑到为此花费的精力和因此导致的减产，造成的损失和把一季的奥乐稻全都烧掉造成的损失没什么差别。最关键的是这么做不能完全消灭‘天炉的蝗虫’。”

女孩直视着奥德森，她的眼神闪烁着黑曜石般强烈的光芒。

“如果采取每次虫害发生再烧毁奥乐稻的办法，不仅会失去奥乐稻，就连周围的牧草、蔬菜、草木都不能幸免于难。我们必须做好准备，从其他国家筹集饲料，代替奥乐稻的稻草来喂养家畜。另外，在不知道什么时候，会在什么地方发生虫灾的情况下，很难用下一季度的奥乐米做本钱进行投资。”

马莱奥侯神色一僵。

女孩没有看周围的人，只是平静地继续说着：

“也许有人会说，在这个阶段不应该那么着急地把奥乐稻全部烧毁，应该根据情况来应对。最糟糕的情况不就是蝗虫扩散到整个帝国，导致奥乐稻颗粒无收吗？这和把奥乐稻全部烧毁不是一样吗？没有了奥乐稻，蝗虫不也就灭亡了吗？”

女孩轻轻地摇了摇头。

“这两者是不同的，有一个很大的差别。

“那就是时间。——如果给它们时间，我们不知道‘天炉的蝗虫’会发生什么变化。可能会变得适合在这片土地上生存下去。

“‘天炉的蝗虫’变异的速度快得惊人。如果它们变得不吃奥约玛也可以产卵的话——如果发生那样的变化，那我们就彻底无法消灭它们了。它们会在这片土地上生存下去，而我们也将从此无法种植奥乐稻。”

不知从什么时候开始，大厅里变得静悄悄的。

“尽管如此，还是有希望的。”

一片寂静中，女孩的声音响起。

“因为现在这种蝗虫还有弱点。现在，它们只要不吃奥约玛就无法产卵。如果现在能够创造出一段完全没有奥约玛的时间，就能消灭它们。

“而且，把奥乐稻全部烧毁，也能彻底消灭奥约玛，永绝后患。”

女孩直视着奥德森说：

“陛下，请您同意把这一季的奥乐稻全部烧毁。——为了我们今后也能种植奥乐稻维持生活。”

奥德森感到十分震惊。

这个女孩在身为皇帝的自己面前发言，那双黑色的眼睛却没有一丝动摇之色。奥德森心想：

“她说的是对的。最好的办法就是把帝国这一季的‘救赎之稻’全部烧掉。然而……”

马莱奥侯绝对不会让步，其他贵族也不会同意。他们已经以这一季的奥乐米为本钱进行了交易。就算只是把一季的“救赎之稻”全部烧毁，他们也会蒙受巨大的损失。

正这么想着的时候，奥德森眼角的余光瞥见马莱奥侯举起了手。

奥德森在心里叹了口气，允许他发言。

马莱奥侯说：“陛下，请您做出冷静的判断。一切不过是假设而已，实际上不过是在遥远的西坎塔鲁出现了蝗虫而已。”

诸侯们静静地听着他的话，脸上浮现出迷茫和不安的神色。

“最好的办法是把西坎塔鲁，有必要的话甚至可以把东坎塔鲁一半区域的‘救赎之稻’烧毁，修建起足够广阔的防火带。此外，对这些地区进入帝国本土的运货马车和其他货物，在‘过境之门’处进行彻底的检查。只要这么做，就能防止虫害发生。”

马莱奥侯目不转睛地看着爱伊莎说：

“如果被煽动起的不安迷惑，贸然烧毁所有‘救赎之稻’的话，帝国将遭遇比虫害更大的危机。伏请陛下做出冷静的判断。”

诸侯们小声地交谈着走出大厅，爱伊莎跟在他们后面，隔着一段距离慢慢走着。强烈的紧张过后，一股疲劳感涌向全身。

皇帝没有下达命令，会议就这样结束了。

夕阳在宽敞的走廊上投下了暗红色的光。贵族们的窃窃私语声断断续续传进她耳里。

“你是说……”

“是吧。但是……”

在这些没有什么意义的交谈中，一个贵族的声音清晰地传来。爱伊莎不禁停下了脚步。

“因为这一代香君大人不够厉害吧？”

“嘘！不可贸然说出这么无礼的话！”走在他身边的贵族压低声音，责备道。

被训斥的贵族不满地皱起眉头。

“可是，你不认为吗？先是奥约玛，然后是这次的蝗虫。以前可从来没发生过这样的事。而且，一次又一次……”

看着他们摇着头，一步步远去的背影，爱伊莎感觉身上泛起一股凉意。

爱伊莎一直站在那里，看着诸侯们的背影远去，消失在走廊的拐角处。

·3·

对未来的设想

“马修，来啦。”奥德森对马修说。

马修深深地鞠了一躬。

“陛下。”

“嗯，坐下吧。”

马修再次行了一礼，拉出椅子坐了下来。

侍从们都已退下，安静的书房里，只有椅子划过地面发出的轻微声响。

“你从拉奥那里听说今天会议的具体情况了吗？”

“是的。听说陛下持保留态度，还没有做出判断。”

奥德森的视线落在桌上摊开的文件上，叹了口气。

“如果只是为了消灭虫害，哪一种方案更好，显而易见。”

回想起会议现场，奥德森面露微笑。

“拉奥带来的香使是个很了不起的姑娘。很久没有人这么打动我了。”

马修面露开怀的笑容，奥德森眨了眨眼。

“怎么？我说了什么奇怪的话吗？”

马修面带笑容。

“没有。陛下，那个香使，爱伊莎·洛里奇是我母亲那边的表妹。”

奥德森睁大了眼睛。

“表妹？那个香使竟然是你表妹？！”

“是的。”

奥德森微笑着，喃喃道：“原来如此。

“你母亲那边的表妹，也就是说，她是西坎塔鲁人？”

“是的。她十五岁的时候，我把她带去了‘利亚菜园’。她不到二十岁就成为香使，现在跟在香君大人身边。”

“原来是这样。”

奥德森深深地点了点头。

“确实，她有的地方很像你，和你一样聪明……”

说到这里，奥德森突然眯起了眼睛。

“……不过，这么一来，她希望不只是烧掉西坎塔鲁的‘救赎之稻’，而是烧掉整个帝国的‘救赎之稻’，是不是为了她的家乡？”

马修点了点头。

“或许也有这方面的原因，当然，不仅仅是因为这一点。”

“……”

“陛下，其实，把这一季‘救赎之稻’全部烧掉的办法，本来是爱伊莎提出来的。”

奥德森抬了抬眉毛。

“什么？不是说是拉奥想的办法吗？”

“不是。当初，拉奥大师说了这个办法行不通。他说这虽然是最好的办法，但诸侯们断然不会接受。”

奥德森低声说。

“我就觉得奇怪，拉奥为什么会提出那样的建议。原来如此。拉奥这么说是为了保护那个姑娘吧？”

“是的。”

奥德森注视着马修。

“那你呢？他们提出的那个办法，你怎么看？”

马修从放在地上的文件袋里取出文件。

“在回答陛下您的问题之前，我可以先向您汇报西坎塔鲁的情况吗？”

“嗯。”

马修在桌上摆上文件，简单说明了遭受虫害的地区的损失，预计今后虫害还将扩大，以及受灾地区各个氏族的反应等。

听完马修的话，奥德森感到十分沉重。

“虽然早有预料，但事态的严重程度还是超出了我们的预想。”

马修点点头。

“虽然奥约玛造成的灾难也很严重，但它的扩散速度很慢，而且没有殃及牧草和蔬菜，人们在某种程度上还能有所防备。但是，这次的虫灾不管是扩散速度还是波及范围，都远远超过了上一次。”

马修指着桌上摊开的三张地图中的一张，那是西坎塔鲁各氏族的疆域图，解释了丘库奇为什么没能迅速修建起防火带。

丘库奇将西坎塔鲁所有氏族纳入麾下不过数年。马修详细说明了要在形势还不稳定的西坎塔鲁，说服刚刚从奥约玛的打击中恢复过来的氏族，在蝗虫到来前烧掉所有的“救赎之稻”，修建防火带，是一件多么困难的事。听完马修的话，奥德森心想：“这不是他人瓦上霜，我也面临类似的情况。”

奥德森继承皇位，登上宝座的时间并不长，政权的根基还不稳固。如果无视诸侯的意愿，强行推行政策，便会牵一发而动全身，引发种种问题。

“如果真的遭受了蝗灾，他们或许会同意烧掉‘救赎之稻’，但是……”奥德森在心里想。

如果告诉他们，为了保护其他领主的领地，要修建防火带，把你们领地上还没有遭受虫害的“救赎之稻”全部烧掉！恐怕任何一个领主都会深感不满吧。

仿佛听到了奥德森的心声，马修从地图上抬起头来说：

“把所有‘救赎之稻’都烧毁的办法实施起来很困难，可修建防火带也不是一件容易的事。”

“……”

“事关氏族之间今后能否和睦相处。如果防火带的面积不大，可以通过给予补偿的方式说服藩王。可一旦防火带的面积跨越几个氏族的领地，赔偿金额巨大，而且也不能再从这些地区收税。”

“……”

“当然，遭受了虫害的地区，也必须免除他们的赋税，否则百姓无法生存。税收收入锐减，还要做出赔偿，西坎塔鲁将遭受重创。

“可如果袖手旁观，受灾面积只会越来越大，所以要修建防火带的话，必须早做决断。”

马修从怀里拿出一封信。

“陛下，丘库奇向您求援。”

递过来的信上用清晰的大字写明了请求援助的理由和所需金额。

看完信，奥德森才明白马修为什么没有一开始就把信给他，而是先说明了西坎塔鲁面临的状况。丘库奇要求的援助金额巨大，如果不是先听了马修的说明，他一定会感到愤怒。

但是，在了解西坎塔鲁的现状后，奥德森明白不是丘库奇狮子大开口，这些钱只是勉强够用。

“光是西坎塔鲁，”奥特森自言自语地说，“就要花这么多钱……”

马修点了点头。

“如果扩散到东坎塔鲁，也需要这么多钱，甚至可能比这更多。如果再……”

马修还没说完，就被奥德森打断。

“你认为虫害会蔓延到帝国本土吗？”

马修摇了摇头。

“不知道，我无法准确地预测未来。”

“……”

“我能做的只是设想未来可能是什么样的。”

“设想？”

“是的。如果支援西坎塔鲁，把西坎塔鲁全境都修建成防火带，会发生什么？如果把东坎塔鲁也修建成防火带，又会发生什么？如果在东、西坎塔鲁修建防火带，还是无法平息灾难，虫灾蔓延到帝国本土的话，又会发生什么？”

奥德森眯起眼睛。

“你说说看。”

“考虑到‘天炉的蝗虫’的扩散速度，即使立刻支援西坎塔鲁，恐怕也来不及烧田，虫灾不可能止步于西坎塔鲁。至少要把东坎塔鲁一半的‘救赎之稻’烧掉。如果到了那一步，为了筹措出支援东、西坎塔鲁的钱，就要动用国库的备用金，减少军事防卫费用的支出。可考虑到辰杰国的动向，最好不要这么做。那样的话，就要在东、西坎塔鲁以外的地区增税。并且，这些办法并不能保证完全消灭害虫。”

“……”

“如果那样还不能消灭害虫，蝗虫到达帝国本土的话，就像爱伊莎预想的那样，光是修建防火带无法消灭害虫，今后很可能无法再种植奥乐稻。”

“……”

“如果把帝国全境的‘救赎之稻’都烧掉，那么在对藩王国和诸侯进行补偿的基础上，还要增税，增税额度当然要比刚才说的多得多。

“但是，这样也许能消灭蝗虫。”

马修目光直视着奥德森。

“陛下，刚才您问我对爱伊莎的提议有什么看法。我认为只在受灾区域修建防火带，和把帝国境内所有的‘救赎之稻’都烧毁，这两种办法从某种意义上说大相径庭，但从某种意义上来说又殊途同归。”

“……？你具体说说看。”

“是。大相径庭指采取这两种办法产生的效果完全不同。

“在部分地区修建防火带，蝗虫可能有漏网之鱼；把帝国境内的‘救赎之稻’都烧毁，则有可能彻底消灭蝗虫。

“不仅能消灭‘天炉的蝗虫’，还能消灭奥约玛。

“奥约玛也会发生变化，就算它现在不吃‘救赎之稻’的稻穗，可谁也不能保证今后不出现吃稻穗的奥约玛。如果考虑到这一点，能够把蝗虫连同奥约玛一并消灭，意义重大。”

“嗯。”

“然后，殊途同归是指，不管是在部分地区修建防火带，还是把帝国境内的‘救赎之稻’全都烧毁，都必须在帝国本土还没有发生虫害的阶段宣布增税。”

说着，马修面露苦笑。

“陛下，如果把帝国境内的‘救赎之稻’全都烧毁，贵族们肯定会对增税心怀不满。可如果为了在藩国修建防火带而增税，他们更不会爽快地答应。因为这意味着在不知道自己是不是会遭遇虫害的情况下，就要为了藩王国而增税。”

“……”

“而且，如果只在藩王国修建防火带，藩王国也会十分不满。如您所知，在他们看来，修建防火带意味着他们要为了还没有遭受虫灾的其他地区牺牲自己的利益。”

“……”

“陛下，贵族们会因为藩王国的牺牲而心甘情愿地接受增税的要求吗？如果贵族们对藩王国的牺牲心怀谢意，或许会接受这个要求，多交税，可是……”

奥德森忍不住苦笑。

“这很难。”

马修点了点头。

沉默在屋里蔓延。晚风吹动窗户，发出轻轻的咔嗒咔嗒声。

过了一会儿，马修开口说：

“陛下，或许我不该问您这样的话……”

“你想问什么，说说看。”

马修点点头，平静地说：

“陛下，您希望今后帝国变成什么样？”

奥德森眉头皱了起来。

“为什么这么问？”

马修微微一笑。

“因为我认为这与采取哪种办法有直接关系。因为无论采用哪种办法，实施起来都面临很大的困难，但带来的未来却大不相同。”

奥德森凝视着马修。

“一种未来是藩王国对帝国心生不满，甚至可能将来都无法种植奥乐稻。”

“……”

“另一种未来是或许还能种植奥乐稻。但要通往这样的未来，帝国和藩王国都需要做出同等的牺牲。”

“……同等的牺牲？”

“是的。”

马修点了点头，说：

“自从父亲失踪后，我反复阅读他留下的书。那本书里描绘了乌玛鲁帝国刚刚建立时候的事。”

“……”

“在这个国家还年轻的时候，人们在冰封的土地上耕种，好不容易才生存下来。这个国家的人们为了生存下去而聚集在一起。在他们看来，如果国家富裕起来了，不仅仅是自己和家人，一起生活的伙伴也会获得幸福。在那个时候，每个人都能看到自己努力为之做贡献的国家是什么样的。”

奥德森听着马修的话，回想起孩提时代很喜欢读的那本色彩鲜艳的《神国创世纪》，还有少年时代常读的《香君异传》等书。

祖先们在荒凉的大地上如何播种？如何种植奥乐稻？奥德森常常想象这些。

“陛下，在这个变得辽阔、富裕的国度里，有多少人会去思考自己的国家是一个什么样的国家，自己怎样才能支撑它的发展呢？包括藩王国在内，有多少人能对他人的痛苦感同身受呢？”

奥德森凝视着马修。

马修很平静地说：

“我希望能烧掉所有的‘救赎之稻’，但我也知道这不可能。——支撑着这个国家的人们，并没有好好描绘这个国家的未来，也不想救同胞脱离苦难。在这种情况下，陛下若下令烧毁所有‘救赎之稻’，诸侯势必因遭受巨额损失而强烈不满。您的叔父在皇位争夺中落了下风，这样一来，不难想见暗中支持他的人会变多。”

马修说的正是奥德森心中所想。

风慢慢地停了下来。不知什么时候，窗框的响声也消失了，书房被笼罩在寂静的夜色中。

“马修……”

“是。”

“刚才，你说如果只是在部分区域修建防火带，将来可能无法再种植奥乐稻。”

“是的。”

“如果把‘救赎之稻’全部烧毁，将来还能种植奥乐稻吗？”

“不保证一定可以。”

“为什么？”

“因为我们不知道为什么会发生虫灾。就算蝗虫一度彻底消失，也不知道它什么时候会再出现。只是……”

马修接着说：

“和这次不同，到那时我们多少对这种蝗虫的生态有所了解。在西坎塔鲁靠近天炉山脉的地区不种植‘救赎之稻’，可以防止奥约玛出现，再加上督促百姓发展其他产业，没准能够预防虫灾再次发生。”

奥德森盯着桌上的地图，喃喃自语：“……这样啊。”

渐渐地，他心里有了头绪。

“马修。”

“在。”

“奥约玛出现时，拉奥曾经对我说：‘奥乐稻是帝国的支柱，因此也是帝国最大的弱点。’”

奥德森突然笑了。

“我觉得他说的太对了，确实如此。但是，要改变人们依赖奥乐稻的状况需要很长时间。如果奥乐稻在短时间内消失，这个国家的根基就会被动摇，就像一栋房子的顶梁柱被拆掉了一样。”

奥德森把目光转向马修。

“如果选择烧毁所有‘救赎之稻’，将来就有可能继续种植奥乐稻，支撑着这个国家发展下去。可这样的选择也会导致我的根基被动摇。”

奥德森带着苦涩的微笑说：

“马修，你应该知道，有一个办法既能保证我的根基不被动摇，又能下令把所有‘救赎之稻’都烧毁。”

马修没有回答，只是目不转睛地看着奥德森。

“只要这个命令不是我下的就行了。”

奥德森脸上的笑容消失，叹了口气说：

“虽然这么做很卑鄙，但我命令你转告香君大人，由她来下令。”

·4·

伊尔的密令

宽敞的走廊里点着一盏又一盏灯。尤吉尔跟在父亲伊尔·卡修加身后，向皇帝的书房走去，看见书房门被打开。

马修从书房里走了出来。

“马修！”伊尔叫了一声。

马修应声道：“兄长。”

尤吉尔向他行了一礼，马修也轻轻还以一礼。

“你向陛下禀报西坎塔鲁的事了吗？”

面对伊尔的询问，马修回了一句“是的”。

伊尔又问：“陛下答应丘库奇的请求了吗？”

马修点了点头，道：“是的。陛下答应支援丘库奇。”

“是吗？陛下答应那个金额了？”

马修微微一笑，低下头。

擦身而过时，伊尔停下脚步，回头看着马修。

“今天，我看见你表妹了。她真是个了不起的姑娘。”

尤吉尔惊讶地看着伊尔，心想：“伊尔也是这么想的吗？”

极少夸人的伊尔也对女孩表示认可，这让尤吉尔觉得很高兴。

虽然是第一次参加御前会议，可那个女孩毫不胆怯，神情凛然地诉说着自己的请求，她的身影一直留在尤吉尔心里。

马修的脸上也露出了微笑。

“是吗？”

马修说完，朝伊尔点了点头。

“有这样的人跟在身边，相信香君大人心里也会很踏实吧。”

说完，伊尔转过身，让守在书房门口的士兵去通传他来求见陛下。

二人走进书房，奥德森抬起头来。

“陛下。”

伊尔深深地鞠了一躬。奥德森轻轻点头，用手示意他们落座。

坐下后，伊尔说：“听说您批准了对西坎塔鲁的支援。”

“嗯。虽然金额很大，但那也只是勉强够用。今后，支出会大增。”

伊尔瞥了一眼桌上摊开的地图。

“陛下，关于今后之事。”

“嗯。”

“您打算采纳马修推荐的提案吗？”

奥德森抬起一边眉毛。

“马修推荐的提案？——你事先听马修说他赞成哪个提案了？”

“不，我没听说。”

“哦，那你为什么这么问？”

“刚才在书房门口碰到他了。我想他应该是向陛下您提建议了，就想问问结果如何。”

奥德森叹了口气。

“马修没有推荐哪个提案。他只是谈了自己的看法——如果采纳某种方案，未来会发生什么。”

伊尔说：“这样啊。陛下……”

奥德森打断伊尔，很快说了一句：“我选择烧毁所有‘救赎之稻’。”

尤吉尔不由得瞥了父亲一眼。伊尔沉默地注视着奥德森。

奥德森有些焦躁地说：“你不同意吗？”

父亲点点头，说：“恕我直言，我不同意。”

“为什么？”

“因为实在有损陛下您的威名。”

奥德森面露苦笑。

“我知道。所以，我不自己下令。”

伊尔眉头拧了起来。

“……难道，陛下，您是让马修转告香君大人，由她下令？”

奥德森点了点头。

“为了保住继续种植奥乐稻的希望，同时又不动摇我的根基，我只能让香君来当挡箭牌。”

尤吉尔哑然地听着奥德森的话，心想：“陛下知道这意味着什么吗？”

果不其然，父亲慢慢摇了摇头。

奥德森脸红了起来，皱着眉头，沉声问道：

“为什么？你为什么摇头？”

伊尔凝视着奥德森。

“陛下，恕我直言，这是眼下最不应该采用的下下策。”

“为什么？香君不就是为了这种时候而存在的吗？！”

“不，陛下。正是在这样的时候，才不应该让香君站在前面。——不能让她拥有足以撼动帝国的力量。”

奥德森猛地睁大了眼睛。

“香君大人是神圣的存在，她让人们感受到奥乐稻的恩典——她是人们祈求的对象，不应主动彰显自己的权力。

“这次和修改《香使诸项规定》不同。绝不能让诸侯觉得香君大人有能力使整个帝国听命于她，否则将有损陛下您的威望。”

“……”

“和奥约玛出现时一样，只要在事情结束，百姓放下心来的时候，让他们感受到香君守护、引导着我们就可以了。‘神’就是这样一种存在。绝不能让她在国家大事上拥有发言权！”

奥德森阴沉着脸，说：“可那样的话，就无法把‘救赎之稻’全部烧毁。”

伊尔又安慰道：“请您放心，陛下。就算不烧掉所有的‘救赎之稻’，只要尽快烧毁东、西坎塔鲁的‘救赎之稻’，也能控制虫害。”

“……”

“在会议上，我把发言的机会让给了拉奥大师，其实富国省也在进行详细的论证。对吧，尤吉尔。”

突然被父亲点名，尤吉尔吓了一跳，他连忙点了点头。

“是的。我们认为这么做，无论是在经济上还是政治上都是上策。”

奥德森一副无法接受的样子，说：

“但是，在部分地区修建防火带无法完全控制虫害，它们通过运货马车等……”

“陛下。”

伊尔叹了口气。

“拉奥大香使和那个香使，把几乎不可能的事情说的像煞有介事。请您冷静地考虑一下。‘天炉的蝗虫’和螨虫什么的不一样，它的体形大到能吃下奥约玛。如果在街道上设检查站进行检查的话，应该不会被遗漏。

“即使有极少数蝗虫能穿越检查站，飞到种植地区，也只要把出现蝗虫的地方和它周边烧掉就行了。

“西坎塔鲁的虫害之所以变得这么严重，是因为农夫们不知道是否能得到补偿，迟迟不肯烧毁‘救赎之稻’。如果事先确定好补偿金额，农夫们就会马上焚烧‘救赎之稻’。”

伊尔看着阴沉着脸、沉默不语的奥德森，微笑着说：

“陛下，这对您来说或许是个好机会。”

奥德森抬起眼，露出了惊讶的表情。

“好机会？”

伊尔点了点头。

“我想今天马莱奥侯的态度您也感受到了，以马莱奥侯为首的大贵族们误解了陛下。以为您还年轻，会因为害怕失去大贵族们的支持，而不敢下达让他们感到不愉快的命令。”

“……”

“如您所知，臣子喜欢温和的君主，可他们也轻视一味温和的君主。”

伊尔直视着奥德森的眼睛，继续说道：

“陛下，请以富国省的计算结果为名，下令烧毁东、西坎塔鲁的‘救赎之稻’。然后，让贵族们根据从领地获得的收益的多少来承担相应的增税额度。因这个命令而产生的后果，由我来承担。”

奥德森神色晦暗，低着头，默默思考了许久。终于，他抬起头来说：

“……我需要考虑一下，今晚就到此为止，你们退下吧。”

伊尔深深地鞠了一躬，走出书房。尤吉尔跟在父亲身后，一边走，一边不断思考着。

“香君大人啊？”

很难想象皇帝会主动想到依赖香君。

“是马修叔父巧妙地引导陛下得出了这样的结论吧？”

会是这样的吗？

尤吉尔感到疑惑，他这个叔父会这么做呢？

“父亲绝对不会允许香君踏上政治舞台。马修叔父应该很清楚这一点。”

从孩提时代起，尤吉尔就很喜欢美丽温柔的香君。虽然父亲否认了香君与马修叔父两情相悦的传闻，但直到现在尤吉尔也认为传言恐怕是真的。

“把香君大人的生命置于危险之中，马修叔父会那么做吗？”

一方面他觉得马修不会那么做，可另一方面又觉得不能说完全没有那种可能。如果他有信心能保护好香君大人，没准会那么做。

“只要她想，香君大人就有撼动帝国的力量。从某种意义上说，她比皇帝陛下更强大……”

尤吉尔觉得心里沉甸甸的，感到很不安。

“她一直满足于做一个摆设，在马修叔父和拉奥大师的支持下，如果她决心站到明面上来，那么这个帝国的权力结构将发生巨大的变化。”

走出宫殿，夜晚的凉意包围着他们。

尤吉尔看见父亲小声地对站在轿子旁边的亲信奥多说了些什么。

眼看奥多点了点头，尤吉尔觉得一阵口渴，心里的不安变成了恐惧。

“父亲他……”

要动手了。

·5·

奥莉耶的想法

“……陛下？”

拉奥惊讶地反问。

“陛下让你跟香君大人说？”

“是的。”

马修点了点头。

拉奥很惊讶，从他身上散发出强烈的气味，但奥莉耶并不感到惊讶，马修也没有表现得很吃惊。

爱伊莎一边感受着三人散发出的气味，一边想：“难道这是马修大人……”

正当爱伊莎在心里嘟囔的时候，奥莉耶把脸转向马修，说了声“谢谢”。

这里是奥莉耶处理公务的房间，位于香君宫最靠里的位置，房间十分宽敞。奥莉耶屏退了其他人，此刻屋里只有她和马修、拉奥还有爱伊莎四人。就算烧着暖炉，屋里还是有点冷。

“虽然我相信你一定能办成，可我还是有些担心。”

拉奥目不转睛地看着奥莉耶的脸。

“奥莉耶，难道这是……”

“嗯，是我拜托马修这么做的。”

拉奥把目光转向马修。

“那，你……是你诱导陛下对奥莉耶这么说的？”

马修没有回答。拉奥脸色一僵，严厉地追问：

“为什么？为什么要那么做？”

“拉奥大师。”

奥莉耶伸出手，碰碰拉奥的手。拉奥吃惊地看着奥莉耶。

“您别生气。马修也劝我打消这个念头，是我逼他这么做的。”

拉奥闭口不言，凝视着奥莉耶。奥莉耶回望着拉奥，说：

“我受不了了。下令删除猕夏草那条规定的是我，祝福‘救赎之稻’的也是我。——是我打开了招来饥饿阴云的大门。我无法忍受，在人们痛苦的时刻，身为香君还是要做一个什么都做不了的摆设。”

拉奥的脸有些扭曲。在长长的沉默过后，拉奥说：

“我理解您的心情，可是……”

“拉奥大师。”

奥莉耶用平静的声音说。

“对不起。我知道自己在做什么，也知道那是一件多么危险的事。尽管如此，我还是想站到明面上去。”

感受到奥莉耶的视线转移到自己身上，爱伊莎吓了一跳。

“爱伊莎。”

“是。”

“还记得吗？在塔克大叔田里，你跟我说起自己感受到的香味的世界？”

爱伊莎点了点头。

“那个时候，我就想，香君眼里的世界应该是这样的啊。”

奥莉耶仿佛想起了遥远的过去，视线投向虚空。

“被蚜虫吃掉的草释放出一种气味，瓢虫闻到那种气味，察觉到那里有蚜虫，就来了。虽然肉眼看不见，但这个世界上不断发生着这样的事。”

昏暗宽敞的房间里，回荡着奥莉耶平静的声音。

“生物没有办法选择自己的出生，不知道自己会成为一种什么样的存在。尽管如此，各自充分发挥自己的能力活下去，有时帮助他者，有时伤害他者。

“这样的关系像一张不断移动的网笼罩着这个世界。就算是一只小小的虫子，也背负着它的使命，和其他生物一起编织着这张网。无论多么渺小的生物，都肩负着使命而生。”

奥莉耶微笑着说：

“我没有你那种闻香知万象的能力，但是我拥有身为香君的力量。”

爱伊莎凝视着奥莉耶，静静地听着她说。

“你不是说过吗？就算你声嘶力竭地解释，郡里的官员也不肯听。不管你再怎么说，诸侯们也感受不到危机。”

“是的。”

奥莉耶眼中闪烁出热切的光芒。

“他们会听我的话。”

爱伊莎点点头。——她感受到了蕴藏在这句话背后的奥莉耶的想法。

奥莉耶把视线转向拉奥。

“目前最重要的是尽快烧掉所有‘救赎之稻’。我有能力让人们这么做。在这个帝国里，只有我和皇帝有这样的力量，既然皇帝犹豫不决，那就由我来做！”

奥莉耶看着拉奥说：

“是您把我挑选出来，让我坐上香君的宝座的。从懵懂无知的十三岁开始，我就知道面临的是什么样的现实，满怀空虚，一直活到了现在。”

拉奥的眼神动摇了。

“我没有闻香知万象的能力，无法真正引导人们，只能作为一个空虚的摆设活着……命运注定，在接下来的日子里，直到生命的尽头，我都要以这样的身份活下去。”

奥莉耶眼里泪光闪烁。

“尽管如此，我是香君。在权威和责任上，我是真正的香君。请让我履行身为香君的职责！”

拉奥开口说：

“……奥莉耶，要赎罪的是我。这次的灾难也……”

拉奥的声音在颤抖。

“我一直觉得很对不起你。

“如果可以……如果可以的话，我很想满足你的愿望，也愿意努力去平息因此而产生的权力纷争。可是……”

拉奥闭上眼睛又睁开。

“伊尔不会同意的，他应该已经说服陛下了。”

奥莉耶用指尖擦去泪痕，微笑着说：

“是啊，所以我也早有准备。”

“你是说？”

奥莉耶问马修：

“有动静了吗？”

马修点了点头。

“从各地传来了他们经过的消息，所有人应该都能按计划到达。距离最远的是丘库奇，不过他是坎塔鲁人，这个马背上的民族让帝国的传令使都惊讶他们长途移动的速度之快。他应该也来得及。”

拉奥眉头皱了一下。

“丘库奇？——你到底做了什么？”

马修平静地说：

“我把香君的话带给了他们。——如果希望虫害平息，请藩王亲自参谒香君宫。”

“……什么！”

“很抱歉，事先没有和老师您商量就擅自行事。可是如果事先和您商量，您一定会设法阻止我们。”

拉奥微微张着嘴，听着马修的话。

马修看了爱伊莎一眼。

“没有告诉你是因为你说要参加会议。我们认为绝不能露出一点破绽。”

说完这句话，马修又把视线转回拉奥身上。

“香君大人听了爱伊莎的报告后，对我说如果希望真正解决问题，必须这么做。没有时间等着通过会议做出裁断，必须立即行动起来。

“身为藩王国视察官的我也是这么想的。”

“……”

“就算把藩王国的‘救赎之稻’全都烧毁，只要帝国本土还有‘救赎之稻’，虫害就不会停止。只要虫害不停止，人们就无法种植‘救赎之稻’，即使这次得到了补偿，也会对未来感到不安。唯一可能继续种植‘救赎之稻’的是奥格达的岛屿地区，可光靠岛屿上的收成并不足以养活奥格达所有的百姓。”

马修眼中露出愤怒的神色。

“藩王们不认为帝国的贵族们会为了他们而烧掉自己领地上的‘救赎之稻’。他们带着怀疑和愤怒的心情，带着一点渺茫的希望，朝着帝都而来。”

马修盯着拉奥说：

“伊尔会说服陛下。可就算陛下改变了主意，很快就会发生除了香君，谁也无法控制的事态。”

·6·

幻想

虫儿在鸣叫。

爱伊莎一边听着从四周的草丛里发出的微弱的虫鸣声，一边在夜色中缓步而行。

每当在夜里感到心神不宁的时候，爱伊莎总会像这样在香君宫的庭院里散步。香君宫庭院里的气味和她故乡森林里的很像。闻着这样的气味，起伏不定的心绪会平静一些。

从香君宫的后面飘来马修的气味。马修没有和拉奥一起离开，他和爱伊莎一样，在这个院子里感受着故乡的气味吧。

拐过香君宫的墙角，爱伊莎看见马修抱膝坐在沙地上。

马修大概也注意到了爱伊莎，但他没有把脸转过来，依然抬头看着香君宫的窗户。

奥莉耶似乎还没睡，亮光从她房间的窗户透出来。

爱伊莎走到马修身旁。他抬头看着窗户说："……睡不着吗？"

爱伊莎点点头。

她在马修身旁坐下，被夜里的寒气包围的身体感受到了他的体温。

爱伊莎在马修身边坐着，抬头望着奥莉耶房间的窗户，什么也没说。马修身上飘出来的气息很温和。

突然，爱伊莎想起一个她一直想问却没机会问的问题。

"马修。"

"嗯？"

"你在塔克大叔的山庄里说，你一直希望世界上能有我这样的人，这才是你救我的真正理由。"

马修把视线从窗户移开，看着爱伊莎。

"为什么？你救我到底是想让我做什么呢？"

"……"

"那时，我以为你是为了找到在奥乐稻影响下也能种植其他谷物的办法，可后来回想起当时的对话，又觉得可能不仅仅是为了这个目的。"

马修默不作声。

爱伊莎盯着马修，鼓起勇气说：

"其实，你是想让我成为香君吧？——为了帮助奥莉耶大人。"

马修眼角浮现出笑容。

他转过头，仰望着窗户，沉默了一会儿，然后低声说：

“十几岁来到帝都之后，我的人生发生了很大变化。遇到奥莉耶，父亲失踪……”

从窗户透射出来的灯光照在马修脸上。

“奥莉耶绝对不会有从那个石头牢笼里被放出来的一天。我本来是这么想的，但当我知道我母亲就是伯外祖父从异乡带来回的少女，跟她一起回来的还有另一个少女时，我仿佛看到了一丝希望。如果那个女孩像我母亲一样，和谁结婚生子的话。如果她生的是个女孩，女孩的嗅觉比我更灵敏的话……”

马修眼角还是带着笑，只是那笑容很寂寞。

“虽然知道这是比蜘蛛丝还细的希望，但我还是忍不住去寻找。如果这个世上有真正的香君，或许就可以把奥莉耶从牢笼里救出来。她不用再待在冰冷的石牢里，冒充香君，度过虚无的一生。

“找到你的时候，我给拉奥大师写信说找到了真的香君。让你和奥莉耶见面，如果你们俩都同意的话，就让她装作身体不适，然后再让你做一件引人瞩目的大事，制造出因为奥莉耶身体不好，所以力量转移到了你身上的假象，让你成为香君。——我本来是这么计划的。”

爱伊莎看着马修的侧脸说：

“……那为什么，为什么不那么做呢？”

马修脸上的笑容加深了。

“奥莉耶拒绝了。”

“奥莉耶大人？”

“嗯。她说绝对不要这样。在山庄里，奥莉耶一直在劝我。”

“为什么，奥莉耶大人……”

“她说有两个理由。”

“两个？”

“嗯。第一，她不想把你关进牢笼里。即使你拥有真的香君的力量，一旦成为香君，就不得不在权力的夹缝中挣扎。不能谈恋爱，也不能组建家庭，只能在孤独的牢笼中活着，一直到死。奥莉耶说，如果为了自己走出牢笼而让你走上那样的人生道路，她会一辈子活在痛苦中。”

“……”

“还有一点就是你的为人。奥莉耶说，如果你成为香君，恐怕无法忍受假装成神的生活。明知自己不是神，却不得不以神的语言向人们传达些什么，这会让你很痛苦。”

爱伊莎说不出话来，只是盯着马修的侧脸看。

在山庄一起生活的那段日子里，奥莉耶已经看透了自己，并且为她想了那么多。

“……奥莉耶大人真是个了不起的人啊。”

爱伊莎声音嘶哑地说。

“我觉得自己无法忍受，无法忍受那样的生活，更无法忍受明明不是神，却要装得像神一样。”

“……”

“老实说，我也很担心奥莉耶大人下令烧毁所有‘救赎之稻’，并因此平息了虫害。我很了解她的心情，也知道为了拯救更多人，应该这么做。可是，就算是这样，凭借帝国为了自己的利益而创造出来的神的虚假的权威，让人屈服……”

马修默默地听着。

“虚假的权威啊……”马修嘟囔道。

“我也觉得用虚假的权威欺骗人们是卑鄙的行为。但是，被骗的人就完全没有错吗？”

“欸？”

“你不是在帝国出生的，我也是如此。或许因为这个原因，第一次拜谒皇帝时，虽然有些紧张，但我并没有那种畏惧到想要跪下来的念头，心里想原来统治这个辽阔帝国的是这样一个老人啊。”

马修苦笑道。

“但是，当我不小心差点触犯禁忌，被祖父盯着看的时候，却全身冷汗直冒，控制不住地发抖。”

马修用手捧起沙子，看着它们从指缝间漏下。

“所谓权威，就是这样的吧，它是建立在两者关系上的一种幻想。虽然是幻想，但一旦渗透进身体里，身心就会反射性地做出反应。如果有很多人同时抱有这样的幻想，就会变成一种现实的力量。”

马修掸了掸手上的沙子。

“人都生活在幻想编织的网里，大部分人或许在心里意识到了权威是一种幻想。可即便如此，在皇帝面前还是会浑身发抖，在香君面前还是会跪地祈祷。”

马修看着还亮着灯的窗户，说：

“我不认为所有跪地祈求香君帮助的人，都完全相信香君是神。但我也不认为他们完全不相信。我想，他们心里其实藏着一种甘愿被骗的想法。因为只要一直‘被骗’，就能把很多事一股脑地抛给香君。”

马修身上散发出愤怒的气息。

“遭遇天灾的时候，人们会寻找发泄愤怒的对象。当自己无力左右的事情发生时，总希望有人能承担责任。因为如果能把灾难归咎于某个人，自己心里能好受一些。”

“因为这一代香君大人不够厉害吧？”

会议结束后，在走廊上听到的话再次在爱伊莎耳边响起。

“想以这样的方式让自己变得更轻松的人，难道不卑鄙吗？为什么会发生天灾？怎么样才能拯救自己和他人？不努力去思考这些问题，不拼尽全力想办法活下去，只想让神来承担责任，你不觉得这样的人很卑鄙吗？”

“……”

“统治者总是设法让降服的人，依赖自己活下去。表面上装出一副慈悲的样子，实际上要把降服的那些人变得像离开父母就无法生存下去的幼童一样。要问那些被降服的人会反抗吗？令人意外的是并非如此。因为依赖父母，在父母的保护下生活更轻松。‘帝国’就是这样建立起来的。”

马修叹了口气。

“前来向香君求助的藩王们，主动装出一副‘我是离开父母无法生存的孩童’的样子。不管香君是不是神，只要她能实现他们的愿望就够了。所谓权威，本来就是双方一起塑造出来的，与真假无关。”

爱伊莎凝视着眼前的黑暗，说：

“可是，就算是这样，我也不愿意让香君成为一个统治工具。不能再这样下去了！不管是真的相信，还是想要相信，藩王和诸侯都祈求香君能够把自己从灾难中拯救出来。皇帝陛下和卡修加家族利用人们的这种心理进行统治，使之成为稳固帝国统治的工具。 可是……”

爱伊莎直视马修。

“这两者凭借各自的想法塑造出来的香君，其实是一种并不存在的幻想。”

“……”

“如果香君宫里没有香君大人，我觉得问题没有那么严重。如果只是像人们在痛苦时去求神拜佛那样的话。”

晚风拂过脸颊。

“但是，香君宫里有香君大人，她会说话。作为统治者的傀儡，说些对统治者有利的话。——我觉得这是一件非常可怕的事。”

爱伊莎顿了顿，然后说：

“什么‘闻香识万象’，根本不可能！第一代香君或许是个比我厉害得多的人，但我也不认为她能闻香识万象。她应该也有很多不明白的事。就连不明白的事，香君也要装出一副明白的样子，靠着‘神’这个幻想来掩饰这个谎言，走到现在——走到这里。在我看来，这是一件非常可怕的事。”

马修沉默了一会儿。

“我也很害怕，”他说，“这个帝国建立在幻想之上，靠着一种谷物让人们沉浸在美梦之中，巧妙地使统治成为可能。所以，我们无法从中抽身，陷入了作茧自缚的境地。”

马修的声音很低沉。

“这个国家陷在这个陷阱里，变得越来越强大。通过依赖一种谷物这个危险的办法，统治着广阔的领土和各种利益集团。

“可明知那是个陷阱，却因为若不慎重行事这个国家就会瓦解，所以迟迟无法摧毁陷阱。”

马修停下，耳边又响起虫鸣声。

爱伊莎听着小小的虫鸣声，感受着夜晚草木的气息。

“……就算不摧毁陷阱，或许也会迎来被瓦解的一天。”

“……”

“谁也不知道未来会发生什么。就算熬过了这次的虫害，将来奥乐稻说不定还会出现别的问题，遭遇病害之类的。”

爱伊莎把脸转向马修，说：

“香君和奥乐稻很像。香君明明不是神却要伪装成神，奥乐稻明明不是神赐予的，却被说成神赐之物。”

“……”

“为了摆脱只能依赖奥乐稻的危险，我们一直在努力，可却迟迟改变不了现状。因为奥乐稻编织出的美梦，实在是太有吸引力了。让我们深陷其中的陷阱，实在是太难以逃脱了。”

“马修，”爱伊莎说，“只要创造出香君的这个幻想被强化，陷阱也会变得更加牢固。只要不打破奥乐稻编织出的美梦，绝对不可能改变依赖奥乐稻的生活！”

马修突然笑了，这让爱伊莎有些惊讶。

“我说了什么好笑的话吗？”

“没有，我只是深感你和奥莉耶真像啊。”

“欸？”

“奥莉耶也说过，对于由她出面来平息这次灾难，她也很犹豫。”

马修笑着说：

“她说这样会强化香君这个幻想，使人们更加依赖香君。可尽管如此，她还是认为应该这么做。因为要想打破‘香君’这个制度，必须掌握相应的权力。只是作为一个摆设存在下去的话，就什么也做不了。不站到政治舞台上去，就什么也做不了。”

爱伊莎不禁张大嘴，惊讶地看着马修。

那个娴静的，似乎碰一下就会碎掉的奥莉耶，内心竟然如此坚强，能够下定这样的决心，这让爱伊莎感到很震惊。

“爱伊莎，”马修静静地说，“你能帮我保护奥莉耶吗？”

“嗯？”

“奥莉耶要以香君的身份站出来，意味着要建立一个与皇帝陛下和卡修加家族对抗的新势力。伊尔绝不会允许这样的事情发生。”

寒冷的晚风吹过脖颈。

“我会竭尽全力让事情朝着奥莉耶所希望的方向发展。但是，我不可能一直陪在她身边。所以，饭菜就不用说了，请你注意她身边的一切，帮我保护好她，可以吗？”

爱伊莎直视马修的双眼，点了点头。

·7·

毒

“虽然我很开心，可每天做这些事，你很累吧？从早到晚都要跟在我身边。”

奥莉耶说完，爱伊莎笑着说：

“我不累，能像这样和您待在一起，我很开心。虽说我的职责是跟着您，可外面的工作太多，我很少能待在您身边。”

奥莉耶也露出了笑容。

“是吗？其实我也很开心。”

二人相视而笑。这时，传来侍女问能不能进屋的声音。

“进来吧。”

奥莉耶说完，三个侍女走了进来。

每天晚上，到了这个时候，这三人就会进屋做各种准备。铺好被褥，换好蜡烛，收拾好二人吃过的水果，沏上新茶。再过一会儿，其他侍女就会进来，服侍奥莉耶洗脸、漱口、换睡衣。

看着侍女把只剩一点果汁的果盘撤下去，爱伊莎稍稍松了口气。

伊尔要想加害奥莉耶，很可能会选择下毒。

派人袭击这样的手段太过明显，他不能用，只能让香君因为身体不好而不露面，所以他不太可能采取其他手段。

因此，从奥莉耶起床直到就寝，爱伊莎一直贴身陪着她。奥莉耶入口的东西自不必说，只要是她接触的东西，爱伊莎都小心翼翼地盯着。就连化妆用的东西和穿戴之物爱伊莎都要闻一闻，以确保没有问题。

但是，大多数毒药没有气味。所以爱伊莎频繁地在香君宫里走动，努力去闻打理奥莉耶身边事务的人身上的气味。

虽然被废黜了，但祖父毕竟曾是藩王，出生于王室的爱伊莎，从小就被教导关于毒药的知识。

混在食物里的毒药，渗进衣物里让皮肤吸收的毒药……母亲把关于毒药的各种各样的知识，一点一点教给了爱伊莎。

母亲说，虽然很多毒药是没有气味的，但敏锐的嗅觉还是能帮上大忙。

——毒药本身虽然没有气味，但有时毒药上会留有下毒之人的气味。

虽然你不可能直接接触到毒药，但有些人会用手指去捏那些可以用手接触的毒药，投进饭菜里，好让下毒的动作不那么显眼。这样的时候，饭菜里就会有下毒那个人的气息。

厨师被人收买下毒的时候，除非是对下毒这件事驾轻就熟的人，否则肯定会紧张。你应该能闻到他的手冒出的汗味。

母亲还告诉爱伊莎关于人心理的波动与气味的关系。

——心怀害人之心的人采取行动时，很容易被发现。

有些人打心底喜欢害人，十分兴奋；有些人以暗杀为业，十分冷静。他们各自会散发出相应的特殊气味。

你试着去注意这些。我相信你也能够注意到。

小时候，听着这些逼真的下毒杀人的故事，爱伊莎有时会被吓得睡不着。而现在，她很感谢自己有这样的成长经历。

卧室的角落里有个箱子，用来装香炉用的香。侍女把香拿出来。爱伊莎站起来，走到她身边，拿过她手中的香。

“怎么了？”奥莉耶问。

“感觉这和您之前用的香不一样。”爱伊莎回答道。

“嗯，是我让她们换的。换一种香味，心情也会随之变化，所以我让她们每隔几天就换一种香。”奥莉耶微笑着说。

“哦，是这样啊。”

爱伊莎身体放松下来。

侍女一脸惊讶，停下手上动作，忙问道：“可以换了吗？”

“嗯，你换吧。”

奥莉耶说完，侍女行了一礼，拿着香走进卧室。

奥莉耶看着侍女们忙碌的身影。她虽然故作平静，脸上却难掩不安的神色。

等侍女们做好各自的事离开房间，爱伊莎开口说：

“您再忍一忍，到明天就好了。您放心，我会拼尽全力保护您！”

奥莉耶笑着说：

“嗯。一旦我站出来，伊尔就没法用暗杀之类的手段了。虽然要开始另一种形式的战斗了。”

爱伊莎点了点头。

“是啊，接下来的日子您会更费心。但比起现在，可能反而会轻松一些。”

奥莉耶扬了扬眉。

“是吗？”

“是的。小时候，抚养我长大的老臣乌查经常说对我，停滞不前会使人心焦。战争虽然可怕，可一旦开始，剩下的就是拼命思考如何取胜。但是，既不能进攻，也不能后退，在胶着中烦恼接下来该怎么办，看不到未来，这更令人身心煎熬，筋疲力尽。”

“……嗯，确实如此。”奥莉耶点点头。

“我一直……一直过着像一潭死水一样的生活。比起这样的生活，今后的生活有梦想——让我觉得自己没准能改变很多事情。”

奥莉耶叹了口气，说道：

“人们有一个可以祈祷的对象这件事本身我不觉得是什么坏事。因为这个世界很残酷，时常发生天灾，光靠人们的努力什么也改变不了。”

说到这里，奥莉耶问爱伊莎：“你还记得吗？第一次一起在塔克大叔的山庄生活时，我们见过雪奥米树。”

“嗯，记得。”

那棵瘦弱的雪奥米树浮现在爱伊莎眼前。微弱的阳光透过树叶照射下来，它虽然生病了，却在周围植物的支撑下活了下来。

奥莉耶或许也想起了这一幕，眼神望着远方，平静地说：

“虽然肉眼看不见，但有很多东西支撑着那棵树，所以它才能活下来。我想让人们感受到有一个肉眼看不见的东西在支撑着他们。——我想成为那样的存在。”

听奥莉耶这么说，爱伊莎眼前突然浮现出另一棵树的身影。

耸立在阳光下，沐浴着灿烂的阳光，却并不健康的那棵孤独的树。

“奥莉耶大人……”

感动涌上心头，爱伊莎情不自禁地伸出手，握住奥莉耶洁白的手。

“我们一起来找那条路，那条能够实现您梦想的路。我会陪着您。”

奥莉耶眼里闪烁着泪光。

“谢谢你，爱伊莎！”

奥莉耶用力握住爱伊莎的手，用沙哑的声音说：“我们一起往前走。”

目送奥莉耶走进昏暗的卧室，爱伊莎走到走廊上，回到给她安排的房间——就在奥莉耶隔壁，她换上睡衣，钻进被窝里。

明明很累，她却怎么也睡不着。也许是因为紧张，她总觉得从奥莉耶的卧室飘来的味道有点奇怪，心想：“奥莉耶大人喜欢这样的香味吗？”

大概是新换上的香的味道吧。爱伊莎第一次闻到这种气味，越闻越觉得恶心，她想从床上坐起来。

突然，爱伊莎觉得眼前一阵眩晕，感觉像是被人猛地一下从床上抬了起来，连忙抓住床沿。

房间在她眼前慢慢转动，喘不上气。爱伊莎以为这种感觉一会儿就会过去，可接下来却是一阵阵天旋地转。

“咚！”从什么地方传来重物掉落，砸到地板上的声音。

“奥莉耶的房间有什么东西掉了！”想到这里，一股强烈的不安涌上心头。

“……不会吧！”

爱伊莎站起来，像是走在漂浮于海面的船上，不是碰到墙壁，就是撞到椅子，跌跌撞撞地向奥莉耶的房间走去。

一打开奥莉耶那屋的门，一股难闻的气味迎面向她扑来。

爱伊莎马上脱下睡衣，包住脸，捂住口鼻。

卧室的门微微敞开着，亮光从门缝透射出来。爱伊莎跑进卧室，看见奥莉耶躺在床前面的地上。

爱伊莎蹲下，把两条胳膊伸进奥莉耶腋下，拖着她往外走。

头晕目眩，恶心想吐，爱伊莎咬紧牙关忍耐着，把奥莉耶绵软无力的身体拖到了走廊上。

“来人！”

爱伊莎想大声喊，却发现自己发不出声音。

她一边把奥莉耶往长廊的楼梯方向拖，一边喊。

等侍女和侍卫终于赶来，她已经快到楼梯附近了。

“您怎么了？”

面对来人惊讶的询问，爱伊莎嘶哑着声音回答：

“叫医术师，快！香君大人吸入了毒烟。快去叫医术师！”

奥莉耶一动也不动。爱伊莎把手伸到她鼻子底下，也感觉不到她的呼吸。

爱伊莎强忍着恶心，掀开奥莉耶的衣领，嘴对着嘴，拼命吹气。然后，双手交叠，按压她的胸部。

她学过可以用这样的方式救溺水的人。在医术师来之前，爱伊莎一直持续着这样的动作。医术师刚一出现，她就眼前一黑，昏了过去。

从黑暗中醒来，看到一丝微光，一阵剧烈的头痛袭来。

好不容易把头探出床沿，爱伊莎就哇哇大吐。她吐了好几次，好像要把身体里的东西都吐出来。

闻声而来的侍女们很快就把脏东西收拾好了。爱伊莎觉得很抱歉，想向她们道谢，却发不出声音，只能抱着头呻吟。

她听到医术师的声音，感觉有人把碗递到了她的嘴边。

“把这个喝了，别呛着，别着急，慢慢喝。”

爱伊莎照他说的，好不容易把苦药汤喝了下去。没过一会儿，又陷入沉睡之中。

再次醒来的时候，头疼变成了钝痛，好在不再有恶心的感觉。

爱伊莎用手指擦了擦沾满泪水的眼睑，睁开眼睛，隐隐约约看见一个人影。

“马修大人……”

听见她微弱的说话声，马修松了一口气。

“能说话了？太好了。脸色也比刚才好多了。”

“对不起，爱伊莎，真的是对不起。”

听到马修的话，发生过的事像闪电一样划过脑海，爱伊莎瞪大了眼睛。

“奥莉耶大人！奥莉耶大人呢？”

爱伊莎挣扎着想要坐起来，马修拦着她。爱伊莎挥开他的手，坐了起来。

“奥莉耶大人呢？”

“她没事，保住了性命。现在吃了药睡着了。”

她还活着！爱伊莎凝视着马修，开始发抖，眼泪夺眶而出。

“我、都是我的错。”

放下心的同时，后悔的心情刺痛着爱伊莎。她颤抖着，放声大哭。想停却怎么也停不下来。

“……都怪我！没有、看出来、香有问题。”

马修手扶着她的肩膀。

“不是你的错，是我的责任。我忘了告诉你还有在香里下毒的办法。”

爱伊莎摇了摇头。

“我知道，知道有在香里下毒的手法。但是……”

泪水滑落眼眶。

“我以为没问题！”

那个时候，之所以同意侍女把新的香放进香炉里，是因为侍女身上散发出来的味道没有一点不对劲的地方。

“……是我的错！我的傲慢差点害死奥莉耶大人！”

爱伊莎使劲抓住床单。她虽然担心那些无味的毒药，却觉得自己能够闻出下毒人的恶意。

混进香里的毒药，受热后会释放出毒烟。

“毒药本身虽然没有气味，但加入毒药后香的重量会发生变化。你应该能在点香前感受到它和平时用的香不一样。”

爱伊莎想起母亲的教导，咬紧了嘴唇。

重量的差别十分微妙，如果不知道没被下毒之前的香的气味，根本感觉不到那点细微的差别。尽管如此，那个时候，她还是同意让侍女用自己没见过的香。

明明不应该让侍女用新的香，为什么当时没想到这么简单的事呢？

自己的嗅觉十分灵敏，只要没有闻出侍女和香的气味有问题就没事。——这样自以为是的想法差点害死奥莉耶！

“我也疏忽了。”

马修的声音响起。

“就这么短短几天。为了确保万无一失，不应该让她们用香炉，蜡烛也应该用点了一半的。”

马修的声音没有一点起伏，爱伊莎从来没有听过他用这样的声音说话。

“自以为是导致疏忽大意，之所以这么简单的事都没有想到，是因为我放松了警惕。”

从隔壁房间飘来医术师和拉奥大师的气味。从屋外传来侍女们在走廊上匆匆而过的脚步声。

爱伊莎抱着头，感受着包围自己的各种气味和声音。

奥莉耶吸入的毒烟比她多得多。就连自己都这么难受，那她该有多难受。

想到这里，一股怒火从爱伊莎心底喷涌而出。

“……那个侍女怎么样了？”爱伊莎声音嘶哑地问。

“昨天晚上就不见了。”马修答道。

爱伊莎眉头皱了起来。

“不见了？……但是，我从她身上没有感受到一点点紧张或想害人的想法，所以才放松了警惕。”

“她掩饰得比较好吧？”

爱伊莎摇了摇头。

“气味是不会说谎的，不管多么冷静的人，只要她心怀歹意，气味就会发生微妙的变化，我应该会发现她不对劲。”

“那她可能什么都不知道。她只是照吩咐用了那种香，然后被人抓走了。”

如果是这样的话，那个侍女就太可怜了。

“请您找找她吧。”

“正在找。恐怕找不到。”

“即便如此，也请您找找。”

马修点点头。

“我不会见死不救。”

马修不再说话，周围的动静传进爱伊莎耳中。

医术师一边和谁说着什么，一边在走廊上走着。他身上散发出草药的气味，和刚才自己喝的那碗药气味一样。

等他们从门前走过，走远了以后，爱伊莎开口说：

“有没有什么办法能揭露伊尔·卡修加的罪行？”

看着马修的眼神，爱伊莎变得不安起来。

“爱伊莎，”马修压低声音说，“没法治伊尔的罪。”

“为什么？”

“因为罪名不成立。——香君大人是活神，不会因人的恶意而受到伤害。”

马修眼神沉得像无底深渊。

“绝对不能让世人发现，新卡修加家族的家主想杀死香君。否则，奉香君为神的帝国的谎言——帝国欺骗民众的事实就会以最不堪的方式被暴露出来。”

爱伊莎微微张着嘴，凝视着马修。

·8·
香君令

“什么！香君大人？”

皇帝奥德森从椅子上站了起来。

“是的。天快亮时传来的消息。万幸，没有生命危险。”

尤吉尔神情复杂地看着假装关心香君的父亲。

奥德森眼中露出了怀疑的神色。

“……伊尔。”

“在。”

“你……”

话说出口，奥德森或许是想起侍卫们还在一旁，令他们退下。

“是你干的吗？”

“是，”父亲回答得很干脆，又补充道，“这么做是为了保护陛下您。”

奥德森坐回椅子上，右手支着额头。

“你竟然……”奥德森低声说。

“就算你不这么做，我也打算采用你的方案了。为什么还要……”

“没时间了。”父亲紧接着小声说。

“前几天，拜见陛下时，得知陛下想要请香君大人下令，我才明白过来是为了这个原因。”

“……”

“陛下，藩王们正朝帝都而来，应该差不多快到了。”

奥德森脸上难掩惊愕之色。

“你说什么？”

“或许为了不被人怀疑有谋反之意，大家都很小心翼翼地隐藏着行踪，所以消息还没传进陛下您耳中。不过，我接到了藩王们离开藩都的消息。”

“……收到这样的消息，为什么不告诉我？”

“因为还不清楚他们的意图，我想先试探动向，弄清他们的意图后再向您禀告。”

奥德森脸色阴沉，思考了一阵，说：

“你认为是马修煽动的？”

“是的。煽动身陷困境的藩王，利用香君的力量拯救他们。我想这是马修这么做的目的。”

奥德森脸上露出苦恼的神色。但不久，他慢慢放松了紧绷的身体。

尤吉尔看见父亲笑了。

“您能理解我为什么这么做了吧？”

父亲说完，奥德森轻轻点了点头。

父亲柔声说：

“请您放心。香君大人身体抱恙，对陛下您来说是件好事。

“一次又一次出现虫灾，不是因为奥乐稻有问题，而是因为香君身体抱恙，力量变弱了。把这件事公之于众，再找个合适的时机，另立新的香君。

“这么做，虽然会有一定的副作用，但只要表现出陛下正在考虑一个让各方都能接受的解决办法，就能巩固您的权威。这样一来……”

这时，门外传来钟声。

看见奥德森把视线转向自己，尤吉尔马上施了一礼，走过去打开门。

侍从身后站着三位大贵族。

得知他们的来意后，尤吉尔返回屋中，回禀奥德森。

“陛下，马莱奥侯、伊西里侯、亚拉塞侯求见。”

奥德森看着伊尔，似乎在寻求他的意见。

看见伊尔点头，奥德森说：“让他们进来吧。”

尤吉尔打开门，以马莱奥侯为首，三位大贵族走了进来。他们跪在地上，深深地鞠了一躬。

“起来吧。”

奥德森说完，三个大贵族站起来，又鞠了一躬。

“少见你们一大早就来，出了什么事？”

马莱奥侯站出来回答奥德森。

“陛下，请您原谅我们来得这么早。我们有事禀告，所以冒昧前来打扰您。”

说完，马莱奥侯滔滔不绝地说了起来。从他们领地的经济状况说起，说到如果顺利收割“救赎之稻”能上交多少税，又说如果没了收成会怎么样。

“虽然是我的私事，但就像前几天我禀告的那样，我儿子即将成婚，因而与往年相比，今年的收成格外重要。伊西里侯、亚拉塞侯也有各自的难处。前几日那件事，如果不知道陛下您的看法，我们实在是坐立难安……”

马莱奥侯厚颜无耻地诉说着一己私利，态度十分傲慢。透过这傲慢，不难窥见他已经被逼得走投无路。

看着三个大贵族的脸，尤吉尔想：“他——他们唯恐陛下命他们烧毁奥乐稻。因为恐惧，他们真的‘坐立难安’。”

听完马莱奥侯的陈述，奥德森冷冷一笑。

“明天就开会了，一天都等不及吗？”

马莱奥侯惶恐地低下头。

“实属僭越，如果可以的话，请一定……”

就在这个时候，三声响亮的钟声和马莱奥侯的说话声重合。——这是传达有紧急消息的钟声。

奥德森瞥了一眼伊尔，对门外的人说“进来”。

传令使走进屋，跪地行礼。

“陛下，香君宫传来紧急消息。”

尤吉尔看见父亲脸上露出淡淡的笑容。

“藩王们已经到香君宫了？”

奥德森一问，传令使惊讶地抬起眉头，答道“是”。

“所以，来问我该怎么办？”

奥德森的话让传令使露出了困惑的表情。

“……不，并非如此。”

传令使朗声开始转述传来的消息。

·9·

香君之力

“风香之塔”有一个向外延伸的露台。

相传第一代香君在危难降临之际，来到露台上，用她的话指引民众。但自从那以后，再也没有出现过这样的事。香君只在新年的黎明，祝福前来拜贺的皇帝和诸侯时才会站在这个露台上。

站在昏暗的塔里，看着外面被太阳照得发白的露台，奥莉耶用微弱的声音问：“……皇帝呢？”

“还没来。不过，应该马上就要到了。”爱伊莎在奥莉耶耳边说。

奥莉耶点点头，她的脸上一点血色也没有，像洁白的陶瓷一样的脸上布满细密的汗珠。

“……马修去迎接藩王们了吧？”

爱伊莎答道：“是的。刚才就去迎接了，我想现在已经把他们带到下面的广场上了吧。”

奥莉耶微笑着点了点头。

醒来后，奥莉耶坚持要按照原定计划，亲口给皇帝和藩王们传旨。拉奥自不必说，爱伊莎也一心劝她打消这个念头。

医术师说她虽然保住了性命，但稍有不慎仍很危险。——即使把医术师的话告诉她，奥莉耶仍坚持自己的想法，不肯退步。

奥莉耶动了动颜色暗沉的嘴唇，虚弱地说：

“……抱着虚度了人生的想法死去，比死亡本身更可怕。请别让我产生这样的遗憾。”

伊尔走在皇帝身后。看着父亲的身影，尤吉尔穿过像深林一样的庭院，走进香君宫的广场。顿时，他觉得很紧张。

因为广场上挤满了人，比他预想的多得多。

不光是藩王们聚集到了一起，很多贵族也来了。不光是马莱奥侯等人，为了参加会议而留在帝都的贵族，恐怕都接到了香君的召集令。

香使们也在，其中有米吉玛和奥拉姆的身影。目前身在帝都的所有的香使都被召集来了。人群中还有虫害之长、菜师、农人的身影。其中，不光有“利亚菜园”的人，还有“罗亚工坊”的人。

藩王们聚在一处。

因为不允许携带武器，所以藩王们的卫兵都赤手空拳。不过，这些人都是能以一当千的勇士，此时正警惕地保卫着各自的王。

奥格达，不仅藩王来了，他的母亲米莉雅也来了。

“现在，在这里，”尤吉尔感到全身泛起鸡皮疙瘩，“皇帝陛下和贵族，还有藩王国的首领们聚在一起。”

这是前所未有的事，原来不可能发生的事。而且，这些人聚集的地方不是皇宫，而是香君宫。

近卫兵提高嗓门，高声宣布：“安静！皇帝陛下驾到！”

广场上的人们并没有感到惊讶，各自跪在沙地上低下头。

“马修叔父提前告诉了他们皇帝陛下会来。”尤吉尔心想。

看着和藩王们一起，跪在沙地上行礼的叔父，尤吉尔在心里嘟囔：“马修叔父不站在我们这边……”

他站在藩王们那边。——他全身上下都散发出这样的气息。

天地有异变。皇帝、富国大臣，以及现在在宫殿里的贵族，马上前往香君宫参拜，聆听香君教诲。

听到香君宫传来的消息时受到的冲击，此刻仍搅得尤吉尔心神不宁。

香君从未给皇帝下过这样的命令。香君本来不能给皇帝下令。

但是，香君是神——守护这个国家的神。只要她下令，任何人都不能违抗她的命令。

尤吉尔总有一种奇妙的感觉，总觉得眼前发生的一切并不真实。

“起来吧。”

奥德森一声令下，众人站了起来，尤吉尔也站了起来。

和藩王们站在一起的马修叔父脸上的表情，是尤吉尔从未见过的。

“叔父抛弃了一些东西。”

他抛弃了什么？尤吉尔害怕地不敢去想。

拉奥大香使走过来鞠了一躬，引导皇帝和贵族们走到广场中央。

父亲和马莱奥侯等诸侯跟在皇帝身后，站到露台正下方的时候，响起了清脆的铃声。

“零零零……”

听着不断响起的铃声，聚集在广场上的人们一齐抬头仰望露台，仿佛天上正下着金色的雨。

不久，一个身形纤细的女人在一个女孩的陪伴下出现在露台上。

露台很高，以致女人的五官有些模糊。即便隔着这么远，也能看见女人的脸色惨白。

女人高举起右手。

她纤细的手腕上戴着香君手环。手环反射着阳光，光线随着手的颤抖微微颤动着。

人们一齐跪在沙地上，深深低下头。——就连皇帝也一样。

尤吉尔不敢大声喘气，用眼角余光看着皇帝。

一想到自己此刻真的看到了“皇帝下跪磕头”的样子，尤吉尔越发觉得自己置身于奇妙的梦中。

从上方又传来了铃声，让人们站起来。

大家刚一站起身，就听到从高处传来了说话声。

“深受奥乐稻恩惠，在奥乐稻养育下成长起来的子民们……”

声音细得像一根丝线。但这说话声清晰可闻，打破了广场上的寂静。

“危难时刻已经来临。”

香君的声音回荡着。她背后是蔚蓝的天空，阳光照在她脸上。

“你们今后也希望与奥乐稻共存吗？”

人们紧张地面面相觑，期待有人能回答这个问题。

藩王们都在关注着皇帝的反应。当看到皇帝神情复杂，视线低垂，没有准备回答的迹象时，丘库奇高高举起右手。

“慈悲的神，香君大人！身为西坎塔鲁藩王的我，丘库奇，今后也愿与奥乐稻共存！”

丘库奇的声音响起，其他的藩王也纷纷表示同意。

当广场被“今后也愿与奥乐稻共存”的声音包围时，香君再次高举起右手。

看见她的动作，声音像潮水一样退去，人们安静下来。

当广场上再次寂静无声，香君的声音响起。

“身处危难之中的西坎塔鲁藩王丘库奇，你来得正好。”

香君的声音很温柔。

“我必须问你一个令你痛苦的问题。为了今后也能与奥乐稻共存，你愿意把现在种植的‘救赎之稻’全部烧毁吗？”

丘库奇脸色一僵。在他开口说话前，又听到香君的声音传来。

“如果烧毁‘救赎之稻’造成的损失，由帝国来弥补的话，你能下令烧毁吗？”

本想说话的丘库奇闭上嘴，思考了一会儿，壮士断腕似的说：

“不能。”

人群中议论声四起。丘库奇继续说，他的声音很浑厚。

“我丘库奇身为藩王，是为了藩王国子民的未来而这么说。即使今年得到了充分的补偿，仅凭这点也无法拯救子民的未来。”

丘库奇的声音响彻广场。

“那种蝗虫非常可怕！转眼间就会扩散开来，蔓延到人们以为它不会飞到的地方，然后突然暴发。不只在西坎塔鲁，东坎塔鲁也已经发现了蝗虫，它迟早会蔓延到利格达尔。光是把西坎塔鲁的‘救赎之稻’烧毁，也不能阻止它蔓延。只要某个地方还有‘救赎之稻’，那种蝗虫就会一直存活下去。”

马莱奥侯举起手，但丘库奇没有理会他，继续往下说：

“这不仅仅是我们西坎塔鲁的问题。恐怕那种蝗虫很快就会飞到帝国本土来。只是把藩王国的‘救赎之稻’都烧掉，根本无法平息虫害。只要有几只蝗虫藏在什么地方活了下来，我们就再也不能种植奥乐稻。”

丘库奇无视举起手的马莱奥侯，抬头仰望露台。

“如果要烧，不一次性把所有‘救赎之稻’都烧掉，就没有任何意义。”

没法打断丘库奇的话，马莱奥侯板着脸看着他。

看到眼前这一幕，一股热流涌上尤吉尔心头，他想：“原来是这样啊，是为了这个目的把藩王都召集来的啊。”

在今天之前，藩王国的首领和帝国的贵族没有直接见面的机会。

“而且，是在这里……”尤吉尔在心中低语。

在这里，在香君面前，无论藩王还是贵族，甚至皇帝都是平等的，都是香君的“子民”。

在只有皇帝和贵族出席的会议上，比起不过是从属国首领的藩王，皇帝必然要维护身为帝国股肱之臣的贵族们的利益。但是，香君是神——无须把藩王和贵族加以区别对待。

奥莉耶的身体轻轻颤抖着。

爱伊莎支撑着她的身体，知道她已经快站不住了。

很难想象刚才她能够发出让整个广场上的人都听见的声音。以奥莉耶的身体状况，连站着都很勉强。

即便如此，奥莉耶也还是没有下令烧毁所有“救赎之稻”。

明明只要说一句，就能烧掉所有“救赎之稻”，可她没有那么做。

奥莉耶到底是为了什么这么拼命？一想到这里，爱伊莎眼泪涌了上来，使得自己看不清奥莉耶的侧脸。

“奥莉耶大人在创造一个场合……”爱伊莎心想。

不是以神的身份发出命令，而是创造一个在神面前，所有人都能够平等交流的场合。为了让人们用语言进行只有在这个场合才能进行的交流，她拼命努力着。

“马莱奥侯，”奥莉耶用力挤出声音，“如果你也有话想说的话，请说吧。”

奥莉耶的话音刚落，马莱奥侯便满脸通红，滔滔不绝地说起来。

“我代表帝国的贵族发言！把‘救赎之稻’全部烧毁是个愚蠢的办法！那样做的话，诸侯将蒙受巨大的损失，缴纳给帝国的税金也会减少。也就是说，这么做将危及拯救藩王国的财政基础！”

贵族们对此纷纷表示赞同。与此相对，藩王们则发出了谴责之声。

即使奥莉耶高举起右手，人们的议论声也迟迟没有停止。过了好一会儿，才终于慢慢安静下来。

奥莉耶凝视着皇帝，大声说道：

“皇帝，奥德森……”

爱伊莎感到奥莉耶的身体紧绷起来。

在藩王们齐聚一堂的这个场合，如果询问奥德森，他打算为自己所有的子民做些什么，他恐怕会把国防放在第一位吧。

藩王国与敌国相邻，是帝国领土的最前线。贵族也很清楚这一点，所以他们明白在藩王们也在场的当下，皇帝不能偏袒他们。

为了不让帝国动摇，皇帝必须表现出对藩王国的重视，取得藩王们的信赖。为此，皇帝必须命令帝国诸侯承担同等的损失。

奥莉耶在马修的帮助下，创造了这么一个场合，就是为了能让皇帝亲自下令烧毁所有的“救赎之稻”，让藩王们感觉自己也被当作帝国的子民，受到帝国的保护。

“还有一句，”爱伊莎在心里祈祷着，“还有一句，奥莉耶大人的愿望就能实现了！”

就在这个时候，奥莉耶的身体剧烈颤抖起来，膝盖一软，全身的重量都压在爱伊莎支撑着她的手臂上。

爱伊莎使上全身力气，好不容易才站稳，避免两个人都摔倒。她抱着奥莉耶，在她耳边小声问：“没事吧？”

奥莉耶点点头，用尽全身力气，又一次说道：“皇帝，奥德森……”

她的声音很明显在颤抖，也很嘶哑。

奥德森满脸困惑地等着奥莉耶后面的话。

奥莉耶刚说“你”，站在皇帝身边的伊尔·卡修加就举起了右手。

“恕我惶恐，”伊尔开口说，“从刚才开始我就很担心，香君大人，您是身体不舒服吗？”

人们一脸狐疑地看着伊尔，然后抬头看着露台。

“虽说神灵附身在您身上，可您毕竟是肉胎凡身。”

伊尔说话声音不大，但能让人们听得很清楚。

“奥约玛出现的时候，富国省就有人担心是不是您的身体抱恙。以前从来没有发生过奥乐稻遭遇虫害的事。他们提出发生那样的事，是不是因为香君大人的身体出了什么问题。”

听到伊尔的话，爱伊莎看着把头靠在自己肩膀上的奥莉耶的脸。

她的脸毫无血色，眼睛只能睁开一条缝。尽管如此，她还是拼命想把头抬起来。

“奥约玛，然后是这次的蝗虫，这样的异变接连发生，难道不是因为香君大人您的身体抱恙吗？我心里一直有这样的担忧。今天得见您的尊荣，听到您的声音，我越发担心了。”

奥莉耶张了张嘴，发不出声音。

“香君大人，如果肉体变弱，就很难听到神的声音了吧。请恕我僭越，在这种状态下，能不能把您所说的话当作香君大人的旨意来听呢？您的子民们很困惑。”

奥莉耶已经快昏过去了，可她还是咬紧牙关，想要伸直脖子。

爱伊莎看着阳光下那张苍白的脸冒出来的汗水，突然想起了蓝色的花。

当她被士兵追赶，攀登悬崖时看到的那朵小小的、蓝色的花。那朵花虽然被风吹得东倒西歪，却始终没有被吹落，迎风摇曳着。

就在这个瞬间，爱伊莎感到内心平静下来。

“……奥莉耶大人，接下来就交给我吧。”爱伊莎在奥莉耶耳边说。

奥莉耶脸上浮现出苦闷的表情，动了动嘴巴。虽然没有听到她的声音，但爱伊莎不用听也知道，她是在担心自己。

爱伊莎微笑着说：

“奥莉耶大人，我不是一个人，还有您呢。如果是两个人的话，这个宫殿或许也就不再是孤独的牢笼了。我们一起往前走吧。”

眼泪从奥莉耶微微睁开的眼睛里流了出来。然后，她昏了过去。

爱伊莎把她的身体轻轻放在地上，对身边的侍女说，把奥莉耶送到里面让医术师来看看。接着，她从奥莉耶纤细的手腕上摘下香君手环，戴在自己的右手上。

看着侍女们把奥莉耶抬进去，爱伊莎转过身，抬头看了一眼天空。

蔚蓝的天空中，白云缓缓流动着。

深吸一口气，爱伊莎站到露台边缘，俯瞰着广场。

· 10 ·

两个香君

广场上一片哗然。

香君的身影消失时，尤吉尔差点叫出声。

“果然力量变弱了。”

“不能这么想。”他在心里告诫自己。接着，强烈的愤怒涌上心头。——那是对父亲的愤怒。

他到底对香君下了什么药？如果只是使香君身体暂时不舒服的药也就罢了，如果不是……

正这么想着，发现露台边上出现了一个人，尤吉尔眯起眼睛。

“是那个香使，爱伊莎·洛里奇，马修叔父的表妹！”尤吉尔心想。虽然因为离得太远，不能完全看清，但应该没认错。

风从下往塔上吹，吹拂着香使的发丝。

“香君大人怎么了？”父亲问道。

香使开口说话，她的声音很洪亮。

“富国大臣伊尔·卡修加，退下！”

伊尔扬起眉头。

“什么？你说什么……”

爱伊莎打断伊尔的话。

“退下！”

然后，她高高举起右手，手腕上戴着香君手环。

爱伊莎的声音响彻广场。

“我现在作为香君，站在你们面前。”

广场上陷入沉默。

然后，人群像炸开一样，嘈杂起来。有些人不知所措，有些人失声大笑。

爱伊莎的声音掷地有声，像鞭子抽在地上。

“伊尔·卡修加！请保护好陛下。有一只血臭蜘蛛将要爬进陛下的长靴里。虽说被它咬一下不至于丢掉性命，但是非常疼的。”

奥德森惊讶地低头看自己的长靴。看见父亲板着脸走到皇帝身边，尤吉尔也连忙跑过去。

“……啊！”

他看到皇帝长靴边上有什么东西在动。——是一只非常小的黑色蜘蛛的腿。

奥德森也看见了，不禁大叫一声，抬起一只脚想脱掉长靴。

尤吉尔支撑着差点失去平衡、身体摇摇晃晃的奥德森。父亲拉下奥德森的长靴，把蜘蛛抖落在地，一脚踩死。一股血腥味飘来，尤吉尔被熏得歪过脸去。

拉奥大香使走过来。

“陛下，您没事吗？没被咬吧？”

奥德森一脸茫然，摇了摇头。

“……没被咬到。”

喃喃自语似的说完，奥德森抬头看着露台。

有些生活在草原上的人能看到很远之外的东西，可即便是那样的人，也不可能从那么高的地方看到黑色长靴边上那么小小一点的黑蜘蛛的腿。

“马莱奥侯！”

爱伊莎的声音传来。

“看看你右手的袖子。在来的路上，你掸落了一只飞蛾吧。你袖子上沾着香毒蛾的鳞粉，如果碰到脸则是会肿起来的。”

马莱奥侯慌忙看了看自己的袖子，脸上露出惊愕的表情。

站在一旁的伊西里侯看着马莱奥侯的袖子，也露出惊异的神情。看到他们的样子，人们议论纷纷，广场上陷入混乱之中。

爱伊莎的声音穿过喧嚣。

“安静！”

她的声音很有穿透力。

“你们感到混乱很正常，请先安静一下。”

人们不再说话，广场上逐渐安静下来。见状，爱伊莎说：

“富国大臣，你刚才说奥约玛发生时，富国省内出现了担心香君身体状况的声音，怀疑是不是出现了什么异常状况？”

尤吉尔看着父亲。父亲没有回答爱伊莎的问题，而是若有所思地仰望着露台。

爱伊莎并不在意伊尔有没有回答，接着说：

“确实发生了某些异常，但不是在奥约玛发生时才出现的，而是很早之前就出现了。”

一直盯着爱伊莎看的伊尔开口说：

“我不明白你想说什么，但请你先把香君手环摘下来。你不过是个香使，竟然厚颜无耻自称香君，实在万死难辞其咎……”

他的声音被其他声音掩盖。

“万死难辞其咎的人是我。”

众人惊讶地看向声音的主人。

拉奥大香使跪在皇帝面前，深深地低下了头。

“陛下，请您原谅。很久之前，我就知道出现了另一个香君神灵的宿主。我知道，却隐瞒了。”

皇帝奥德森眨了眨眼睛，凝视着拉奥。

“……你知道，却隐瞒了？”

拉奥抬起头。

“是的。”

奥德森用手扶着额头，说：“等等……等一下……”然后目不转睛地看着拉奥。

“也就是说，你说站在那里的香使真的是香君，有两个香君？”

拉奥点了点头。

“是的。虽说一时之间令人难以置信，但站在那里的确实是另一个香君。”

人群开始嘈杂起来。

奥德森举起右手，制止人们发出声音。他的脸色变得苍白、僵硬，眼角通红。

“如果那是真的……你为什么要隐瞒？为什么要隐瞒！”皇帝的声音微微颤抖着。

拉奥再次低下头。

“请您原谅，陛下。我很害怕。”

寂静无声的广场上响起拉奥的声音。

“我知道还有一个香君存在的同时，收到了奥约玛出现的消息。”

奥德森皱起眉头。

“奥约玛……？”

“是的。那是奥约玛还没有暴发，刚刚发现虫卵的时候。”

说着，拉奥停下来，看着伊尔。

“你应该也记得吧。正好在那个时候，马修把他表妹从他母亲的故乡带到了帝都。”

尤吉尔看着父亲的脸，心想：“是的，爱伊莎·洛里奇确实是在那个时候来到帝都的。”

伊尔没有回答，只是盯着拉奥看。

拉奥并不在意，把视线转向皇帝，接着说：

“那时，我才知道香君降临在马修表妹身上。但是，我没有禀告陛下，而是刻意隐瞒，把她送进了‘利亚菜园’保护起来。”

奥德森默默地听着。

“陛下，当时我很害怕。在此之前，从未出现过香君降生在两个人身上的事。这样的怪事发生了，同一时间只在《香君异传》中记载过的奥约玛出现。正在发生某种可怕的变化……”

拉奥接着说：

“如果把这件事公之于众，您的子民们也会像我一样发生动摇吧。我想如果这件事的发生有它的意义的话，不久神的旨意自会明朗。在那之前，我必须把这件事隐瞒起来。”

皇帝皱了皱眉，眯着眼睛，凝视着拉奥。

拉奥迎着皇帝的视线，用认真的眼神回望着皇帝。

“但是，陛下，那是个严重的错误。现在回想起来，那个时候神的旨意已经明朗了，那就是第二个香君大人，因为前所未有的灾难迫在眉睫她才出现的。——为了拯救我们。”

拉奥闭上嘴，隐约听见风吹动远处树叶的声音。

一个声音打破了眼前的寂静。

“拉奥大香使……”

尤吉尔吃惊地看着父亲。伊尔目不转睛地盯着拉奥，慢条斯理地说：

“请恕我冒昧，你轻易说出这样的话，是否不妥？”

伊尔冷冷地问：

“从刚才开始，你就说香君的神灵降生在那个香使身上，可你有什么根据呢？总不会刚才那些杂耍似的小把戏就是证据吧？”

拉奥抬起眉头。

“真奇怪。你明知道‘寻找神灵’是件多么严肃的事，竟然说出这样的话。”

拉奥的声音很生硬。

“我是大香使，被赋予了找出转世重生的香君的任务。这一代香君奥莉耶大人也是我找到的。你是说，我看错了，她身上没有香君大人的神灵？！”

“如果冒犯了您，请原谅，大香使。但是，香君应该在十三岁的时候出现。”

尤吉尔无声地凝视着父亲眼中的神情，那是父亲很少显露出来的打心底感到愤怒时的表情。

“香君大人明明还活着，突然又出现了一个香君大人？光凭你的话就让我相信这种天方夜谭吗？”

“你想让我怎么做？当场进行‘寻找神灵’的仪式？”

“怎么可能……”

尤吉尔看到父亲脸上露出苦笑。

“既然香君大人不见踪影，按理说今天应该先解散。关于自称香君的香使该怎么处理，容后再慢慢……”

就在这时，露台上传来了爱伊莎的声音。

“伊尔·卡修加，你真是个优雅的人啊。”

说话声中带着笑意。

“你的腰带内侧有一枚花瓣。奥夕菰花已经开始落花了，你从树下经过的时候掉进去的吧。”

尤吉尔看见人们的视线唰地聚集在父亲的腰带上。

父亲带着蔑视的表情仰头看着露台，想要用手掸腰带。一只手从旁边伸过来拦住了他的手。——那是皇帝的手。

“陛下……”

“伊尔，让我看看你的腰带内侧。”

父亲凝视着皇帝，一动不动，过了一会儿，把腰带翻开。尤吉尔看到皇帝伸手拈起了什么东西。

皇帝手里捏着一片红色的奥夕菰花瓣，散发着香气。

·11·

爱伊莎·凯尔安

奥德森茫然地望着手里捏着的如丝绸般光滑的花瓣。

“香君宫里的奥莉耶不是神，只不过是一个漂亮女人而已。”

奥德森耳边回响起父亲的声音，眼前浮现出父亲微笑的脸。

在立太子仪式结束的那天夜里，父亲把兴奋得面颊通红的十五岁的他带进书房，说要把帝国的秘密告诉他。

“这个世界上根本没有闻香知万象的香君。除了第一代香君以外，其他香君都是假的。她们不过是历代皇帝和卡修加家族的家主创造出来的美丽的装饰品。”

奥德森至今还清楚地记得听到这些话时的震撼。

在喷泉中看起来像宝石一样闪闪发光的白色石头，一被拿出来放到阳光下就干了，褪去了美丽的颜色，看起来很丑陋。——当时他感受到一种这样的悲伤。同时，他领悟到自己今后生活的世界将充满杀机。

不知道该如何看待自己指尖的花瓣，奥德森轻轻松开手指，任凭花瓣掉落在沙地上。

花瓣落地的时候，一道声音从天而降。

“伊尔·卡修加，我很理解你不相信我的心情。我自己对于自称香君这件事也心存疑虑，我也很难相信自己是神。”

和刚才不同，爱伊莎的声音变得很平静。

人们仰望露台，听着她的声音。

“历代香君也都有过这样的想法吧。因为在十三岁之前，我们都只是过着平凡生活的女孩。突然有一天，我们被告知‘你是神’，被带进香君宫，成为人们祈祷的对象。”

女孩站在露台上，风吹拂着她的发丝。

“从我懂事起，我就因为自己和别人有些不同而感到困惑。对我来说，比起语言，气味更能打动我。我总能听到各种气味的声音，和人的声音不同，这种声音没有停止的时候。如果说能一直听到这种声音是香君的特征的话，那我应该就是香君。”

爱伊莎淡然地说着，她的话随着微风在广场上传播开来。

话说一半，丘库奇突然闭口不言，一脸明白了什么的表情。

马修慢慢往前走，说："对不起，藩王大人。是我用的冻草，减少了用量。"

丘库奇微微张开嘴，盯着马修看，问他："为什么……为什么要骗我？"

马修注视着丘库奇：

"你还记得吗？那个时候，在帐篷里，爱伊莎对你说了什么。"

丘库奇眼里闪烁着光芒。

"……原、原来如此，是那个时候。"

马修点了点头。

"是啊，那个时候我发现的。"

马修抬头望着露台，接着说：

"被带到你面前的少女，对要杀死自己的人说，'你被人下毒了，你身上有冥草的气味'。"

马修抬头看着爱伊莎，接着说：

"那时你问我，冥草明明是没有气味的，那个女孩为什么要那么说。"

丘库奇茫然地看着马修。

"我一边跟你周旋，一边想怎么才能把爱伊莎从你手里救下来。我想，她能从你的汗里闻到别人闻不到的冥草的气味，不能让你把她处死。"

风变大了，吹得树叶沙沙作响。

“马修，你说她是你的表妹，是假的吗？”奥德森问马修。

马修看着奥德森，摇了摇头。

“不，陛下，那是真的。只是，我也是在丘库奇的帐篷里见到爱伊莎后，才知道这件事。”

“什么？那是怎么回事？”

马修脸上有一丝犹豫。

“要说这事，就不得不提到神乡奥乐玛茨拉，说来话长。大家已经站了很长时间，想来很多人也累了。现在，在这里说这事……”

“不，就在这里说吧。”奥德森说。

奥德森感到伊尔在盯着自己看，仍催促马修说：

“说吧。正因为现在在这里，你更应该说一说。”

听到自己的声音，奥德森感到内心有什么发生了变化。有什么东西静静地改变了。

马修点点头说：

“如果要说这件事，有人比我更合适。能把他带到您面前来吗？”

奥德森点点头。马修对站在拉奥大香使身旁的米吉玛说：“把他带上来吧。”

米吉玛一边对藩王们说“失礼了”，一边从他们中间穿过，走到一位站在众人后面的老人身边，牵着他的手走了过来。

来人是一个身材瘦削的老人，一头长长的白发，在脖子处扎成一把。

奥德森听见倒吸一口凉气的声音，看了一眼身旁的伊尔。

伊尔瞪大眼睛盯着老人看。那张总是不动声色的脸，因震惊而扭曲。

冷不防听到有人大声说话，奥德森吓了一跳，眼神转向发出声音的方向。

拉奥大香使瞪着眼睛，张着嘴，全身发抖。

“……尤马？”

他的口中吐出嘶哑的声音。

“尤马，是尤马吗？”

马修从米吉玛手中接过老人的手，带着他走到奥德森面前，平静地说：

“陛下，这是我的父亲，尤马·卡修加。”

·12·

已经没有帕里沙

爱伊莎从露台上探出身。

马修事先跟她说过要把尤马带来，让他讲讲关于异乡蝗虫的事。但那个时候，爱伊莎并没有想到事情会发展成眼下这样。

马修的父亲——那个躺在祈祷所床上，几乎连眼睛都睁不开的老人，此刻在米吉玛和马修的搀扶下，站在皇帝面前。

他和爱伊莎看见他的那个时候判若两人，腰杆挺得很直。从他身上飘出的气味中，还隐隐夹杂着一股异乡的气息。

“……皇帝陛下，请允许我向您问候。”

尤马的声音传来。

“我想您应该不记得我了……”

尤马说完，皇帝说：

“不，我记得。虽然刚刚一时没想起来，但看着你的脸，我慢慢想起来了。你是尤马，尤马·卡修加！小时候，我很期待你到皇宫里来。我很喜欢听你讲发生在天炉山脉山村里的故事，很有意思，也很喜欢你带给我的礼物。”

尤马笑着说：“谢谢您还记得我，好久不见。”

皇帝伸出手，握着尤马的手。

“是啊，你离开得太久了！听说你在天炉山脉的深山里失踪的时候，我担心得差点哭了。这些年你一直在哪里呢？”

尤马看着皇帝，沉默了一会儿，然后说：

“我也不知道自己在哪里。每次试着去想，脑子里总会闪过一些风景和场景，就像梦的片段一样。它们之间没有任何关联，想记也记不住。但是，让我很怀念——让我既感到无比怀念，又感到害怕……”

叹了口气，尤马接着说：

“十五年，竟然已经过去十五年了。就在我身在‘梦’中的时候，我的妻子和父母都已离开人世，很多事情已经变了……”

尤马低下头，沉默了一会儿，又抬起头，开始讲述。

为了寻找岳父的兄长，他和岳父一起进入深山，被浓雾包围。在雾中徘徊时，突然来到一个广阔的原野。远远看见一座不应该出现在山里的宏伟城市。

“那是哪里？”奥德森感兴趣地问，“刚才马修说涉及神乡奥乐玛茨拉。你无意闯入的是奥乐玛茨拉吗？”

尤马露出一丝苦笑，摇了摇头。

“我不知道。”

叹了口气，尤马又说：

“我找了奥乐玛茨拉很久，说实话我也很希望那里是神乡。但如果问我有没有确凿的证据，我不得不摇头。”

尤马的语速很慢。

“在我妻子的故乡大崩溪谷流传着一个不可思议的传说。有些人会突然在山里消失。十多年后，在一个刮着大风的日子又突然回来。

“那个人回来时穿着大家没见过的衣服，头发很蓬乱，胡子却刮得很干净。刚回来的那段时间，他不会说话，好像把魂丢了一样。过一段时间，等他会说话了，又不时在山中徘徊，好像在寻找丢失的东西，又像是想回到什么地方去。”

尤马的声音夹杂着树叶的沙沙声。

“那个人，”尤马凝视着皇帝，“据说并不是孤身一人回来的，而是带着年幼的孩子——年幼的女孩回来的。”

奥德森满脸通红，咳嗽了一声说：

“那，那是皇太祖阿莱尔……”

“是的。这让我想起了陛下的祖先皇太祖阿莱尔，和我的祖先阿米尔从神乡奥乐玛茨拉带回了第一代香君的传说。

“我到访大崩溪谷的时候，知道了这个传说，怀疑神门尤吉拉是不是在那里的某个地方，便四处寻找。在这个过程中，我遇到了生活在那里的‘幽谷之民’的女子，和她成了婚。”

喘了一口气，尤马接着说：

“那个女子——我的妻子，是岳父的兄长在山里失踪十几年又出现的时候，带回来的。”

奥德森茫然地盯着尤马看。

“岳父的兄长——伯岳父带回来两个女孩，一个成了我的妻子，另一个被岳父早早送到很远的地方，后来成了当时的西坎塔鲁藩王凯尔安之子的妻子。”

尤马抬起头。爱伊莎第一次认认真真地观察尤马的眼睛。他的眼睛和马修很像，眼神很平静。

“如果站在那里的姑娘是爱伊莎·凯尔安，那她就是我儿子马修的表妹。不过，我不知道伯岳父带回来的两个女孩是不是姐妹，所以不知道马修和她是不是有血缘关系。”

尤马把视线转回皇帝身上，说：

“陛下，我的妻子嗅觉非常灵敏，异于常人。我还在爬山路的时候，她就能闻到我的气味，开始准备饭菜。等我打开家门的时候，饭菜已经差不多做好了。”

尤马笑着说：

“我的儿子马修也有很敏锐的嗅觉，但没有我妻子那么厉害。”

尤马再次抬起头仰望着爱伊莎。

“当我听到那个女孩说，她一直生活在气味的世界里时，感觉像是听到了我妻子在说话。虽然为了不让别人察觉，她一直表现得很坚强，但我的妻子……”

尤马停了下来，深深吸了一口气，用嘶哑的声音说：

“她一直生活在寂寞的世界里。——在一个孤独的世界里，没有其他人能和她听懂一样的话。”

风吹云动，遮住太阳，但很快天空又亮起来。

“尤马，”拉奥在一旁对他说，“你在的那个地方……生活在那里的人们，也和你的妻子以及爱……香君大人一样，生活在气味的世界里吗？”

尤马看着拉奥，沉默了一会儿，然后说：

“我不知道。我想那里应该有人。每次我尝试去回忆的时候，总是感到很怀念，很渴望，很心痛。……但我连他们的脸都想不起来。”

“听说你没有带女孩回来，你也不知道为什么吗？”

尤马的脸有些扭曲。

“不知道。”

拉奥伸出手，扶住尤马的肩膀。

“什么也想不起来吗？比如……对了，你是怎么回来的？连这也想不起来吗？”

尤马的脸唰地变白了。

“……帕里沙、克里、格、哈那、奥乐……”

尤马嘴里嘟囔着，浑身颤抖起来。

“奥利、利拉玛、帕里沙……”

尤马双手捂着脸，膝盖一软，眼看着要摔倒。马修连忙扶住他。

“父亲，您没事吧？”

马修问完，尤马也没有回答。从捂着脸的手中间，传出他哈、哈的喘气声。

过了一会儿，尤马的呼吸声平稳下来，慢慢放下双手。

“父亲。”

尤马似乎这才注意到马修的声音，看着儿子的脸说：

“……我刚才做了什么？”

“全身发抖，说着我没听过的话。”

尤马皱起眉头。

“我说什么了？你还记得吗？”

“不知道准不准确，我听到了帕里沙、克里、格、哈那、奥乐、奥利、利拉玛、帕里沙。”

尤马用手擦了擦额头上的汗，喃喃地说：“这样啊。”

“……奥乐在呼唤帕里沙，但已经没有帕里沙了。”

慢慢说完，尤马长长地舒了口气，然后看着拉奥。

“有人对我说，奥乐在呼唤帕里沙，通道已经打开，可已经没有帕里沙了。这大概是我在那里最后听到的话。”

尤马的身体还在微微发抖。

“我只记得刮着很大的风，伴着那阵风，有数不清的希夏飞过来，像浊流一样把我包围起来，推了出去。”

拉奥皱起了眉头。

“希夏？”

“嗯，是希夏。——可怕的蝗虫。”

尤马慢慢摸了摸自己的胳膊。

“也就是说……”拉奥说，“那种蝗虫是从你在的那个地方来的。”

尤马点点头。

“是的。”

“是什么样的蝗虫？为什么你说是可怕的蝗虫？”

尤马默默地思考了一会儿，摇了摇头。

“我真的不知道。有什么在我的脑海里一闪而过，出现一些词，可一旦我想要抓住它们，就又消失不见了。”

尤马再次用手捂住脸。

听着尤马的话，爱伊莎想到一件事，感觉心跳越来越快。

“……奥乐在呼唤帕里沙，可已经没有帕里沙了。”

奥乐稻呼唤的是帕里沙，如果已经没有帕里沙了……

“尤马！”

爱伊莎从露台探出身，叫道。

尤马慢慢放下双手，抬起头来。

“刚才你说奥乐在呼唤帕里沙。”

尤马点点头。

“帕里沙是不是虫子或者鸟？能吃可怕的蝗虫希夏。”

突然，尤马眼中有了神采。

“……对！帕里沙是虫子，很大一只，发出七彩的光，以希夏为食。”

爱伊莎心想：“果然如此！”

她一直觉得很奇怪。为什么“救赎之稻”要呼唤吃自己的虫子？为什么蝗虫飞来后，它们仍发出呼救声。

“‘救赎之稻’呼唤的不是来自异乡的蝗虫。”爱伊莎在心里想。

被奥约玛啃食的奥乐稻，预感到希夏会来，所以它们在呼唤希夏的天敌。

“但是，帕里沙没有来……”

爱伊莎想到这里，问尤马：

“帕里沙出什么事了？”

尤马脸色变得阴沉。

“不知道……”

拉奥抱着尤马的肩膀。

“休息一会儿吧。你的脸色很不好。陛下，能请您允许他坐下吗？”

皇帝点点头。

“嗯，快坐吧。”

皇帝看着尤马坐下，把额头贴在膝盖上想缓一缓，然后，皇帝抬头看着露台。

“您知道……帕里沙这种虫？”

爱伊莎摇摇头。

“不。——我只是猜可能是这样。那样的话一切就说的通了。”

爱伊莎对站在马修斜后方的米莉雅说：

“奥格达藩王母米莉雅，你还记得吗？我看见‘救赎之稻’的时候，脸色变得惨白。”

米莉雅点了点头。

“我记得，香君大人，我记得很清楚。”

米莉雅双眼熠熠生辉，面露笑容。

“记得您就算闭着眼睛，也能行走无碍；记得您一走进种植‘救赎之稻’的地方，脸就变白了，似乎下一秒就要晕倒。”

米莉雅的表情仿佛在说“我从一开始就注意到了”。爱伊莎对她笑了笑，把视线转向皇帝。

“到访吉拉姆岛时，我听到了‘气味之声’——‘救赎之稻’在呼唤什么的声音。它们不断呼喊着，让人心情十分沉重。我从没听过其他奥乐稻发出那样的‘气味之声’。而且，不知道为什么，那个声音让人觉得很恐怖。”

皇帝默默地听着。

“奥格达藩王母带我去看‘救赎之稻’的时候，我感到非常震惊。

“不顾肥料的‘最低下限’种出来的奥乐稻，和其他奥乐稻相比，更接近野生奥乐稻。虽然爬满了奥约玛，仍坚强地活着。那些奥乐稻释放出强烈的味道，拼命呼唤着什么。

“它们不断发出‘快来！快来！快来！’的喊声。”

说着，爱伊莎觉得胳膊上泛起了鸡皮疙瘩。只是想起那个声音，也让她打心底感到害怕。

“人在陷入危机时会发出求救声，同样地，植物在被虫子吃的时候，也会通过气味发出声音。被蚜虫咬的植物发出‘气味之声’，闻到那种气味的瓢虫就会飞来。对于瓢虫来说，它们飞来并不是为了帮助植物。可从结果来看，无疑是它们救了那些植物。”

皇帝眼中浮现出“原来如此”的神色。

“……也就是说，‘救赎之稻’也在呼唤奥约玛的天敌？响应这个呼声，吃奥约玛的希夏打开神乡的门飞了过来？”

爱伊莎摇了摇头。

“一开始我也是这么想的。但是，在来自异乡的蝗虫——希夏飞来，开始吃奥约玛后，‘救赎之稻’也没有停止呼救。”

“……”

“如果它们呼唤的是希夏，为什么‘救赎之稻’还继续发出求救声？而且，最重要的是，它为什么要把吃自己的虫子叫来？我总觉得哪儿不对劲，说不通。但刚才听了尤马的话，我明白了。”

皇帝眼里闪着光。

“……原来如此。”

皇帝看了看尤马，接着把视线转向爱伊莎。

“原来是这样！‘奥乐在呼唤帕里沙’原来是这个意思！‘救赎之稻’不是在呼唤希夏，而是在呼唤希夏的天敌！”

爱伊莎点了点头。

“我觉得是这样的。”

皇帝激动得脸都红了，抬头看着爱伊莎，过了一会儿开口说：

“可是，帕里沙没有飞来。”

“是的。”

皇帝长出了一口气，说：

“……因为‘已经没有帕里沙了’，是吗？”

皇帝脸上露出担忧的神色。

“能够控制‘天炉的蝗虫’的天敌，已经没有了。也就是说，这场虫灾不会自然结束。”

皇帝低头用手擦去额头上的汗水，深深地叹了一口气。

然后，他再次抬头看着爱伊莎，声音嘶哑地问道：

“我们得救的道路在哪里？”

·13·
一棵树

拉奥一边用手扶着轻轻发抖的尤马的肩膀，一边听着爱伊莎与皇帝的对话。

眼看年轻的皇帝眼中出现一种依赖的神色，拉奥的心情很复杂。

奥莉耶大人想要创造一个场合。

在这里，不是让人们服从神的话，而是在皇帝表明贵族和藩王都是平等的，同样作为他的子民而得到重视后，再由皇帝发出命令。

拉奥知道奥莉耶打心底厌恶这样的国家制度。——让香君成为被人们崇拜的神，并将她作为统治工具。

帝国处于危机之中，如果现在否认香君是神，帝国就会失去人们的信任。如果香君以神的身份下令，就会强化这种虚假的权威。

为了不走这两条路，奥莉耶选择了剑走偏锋——努力创造一个场合。

人们不是依赖神，而是在奥莉耶创造出来的这个“场合”中，重新确认自己的立场，根据自己的意愿选择未来。奥莉耶想要走出这样的一条路来。

如果没有中途昏倒，她已经成功创建了一个这样的“场合”，实现了她的愿望。

“可是，事已至此……”拉奥正在心里想着，看见伊尔单膝跪在沙地上。

“香君大人！”

平静但清晰的声音在广场上响起。

“请原谅我的愚昧，冥顽不灵。我以为香君大人只有经过转世重生才会再次降临于世，所以出言阻止，不让大家承认您。

“但是，现在，我已经清楚地知道在这里发生了什么。”

皇帝惊讶地看了伊尔一眼。

广场上的人一齐注视着伊尔。

伊尔神情认真，抬头看着爱伊莎，继续说着。

“在我们遭遇前所未有的危难时，香君大人再次从神乡奥乐玛茨拉降临到我们身边。”

伊尔闭上眼睛，很快又睁开，把手放在胸前。

“这世上虽然有很多国家，但没有其他国家像我们这样受到活神的保护。”

伊尔眼里闪着泪花。

他用双手捂住脸，向爱伊莎深深地低头行礼。

看到这一幕，皇帝也跪在地上，像伊尔一样用两手捂住脸，向爱伊莎行礼。

人们一个接一个地跪在地上，像波浪一样荡向远方。无论藩王还是贵族，都跪在沙地上，深深地低下头。

“香君大人，”伊尔抬起头大声说，“请您一定要引导我们！”

伊尔话音刚落，人们就开始异口同声地高呼：“香君大人，请引导我们！”

听着众人的呼号，拉奥轻轻闭上了眼睛。

“……果然，最后变成了这样。”

当奥莉耶倒下，爱伊莎出现的时候，奥莉耶所追求的那条路——人们按照自己的意愿，选择未来的道路，并对自己的选择负责的路，就已经不可能走通了。

爱伊莎的力量震撼人心。亲眼见识过这种力量，就连皇帝都开始期待能够产生超越人类智慧的奇迹。

在场的所有人都被期待的浪潮吞没了。

伊尔敏锐地感受到人们内心的变化，迅速更换了策略。

只要身处活神庇佑下的这个国家，就算遭逢危难也能获救。——通过让藩王和贵族相信这一点，巩固帝国的统治。伊尔认为绝对不能错过这个千载难逢的好机会。

“这样一来，香君就不再是摆设了。”

香君获得了前所未有的力量。

“可是……”

这不是奥莉耶想走的路。

拉奥仰望着露台，怀着复杂的心情，凝视着站在那里的女孩。

听着广场上鼎沸的人声，爱伊莎感到一阵寒意袭来。

为了让人们认可她是香君，她展示了敏锐的嗅觉。可她在说话的时候很注意，努力让人们觉得她只是个普通女孩。

之所以把话题引到丘库奇身上，也是希望让人们觉得二人相遇时，自己不过是个普通女孩。

她一点也没有觉得自己是神。所以她觉得，在其他人眼中，自己也不过是比普通人嗅觉敏锐一些。

然而，这样的想法还是太天真了。

在场的人身上散发出的气味，像大浪一样翻滚而来，他们期待神的引导，希望能抓住爱伊莎这根救命稻草。

站在滔天巨浪面前，自己是如此地渺小，这让爱伊莎心生恐惧。

“……奥莉耶大人也有过这样的体会吧。”爱伊莎心想。

人们的祈祷是那么地真挚，他们真心希望香君能救自己。

既然告诉人们自己是香君，就必须背负起他们的希望，实现他们的愿望，拯救他们。

爱伊莎膝盖止不住地颤抖。

她不忍心再看跪在她面前的人们，抬头望着天空。

眼前是一碧如洗的天空。

蓝天延伸向无尽的远方。薄云在清风吹拂下缓缓流动。

被午后的阳光包围着，凝望着蔚蓝的天空，爱伊莎的心情一点点平静下来。

突然，她想起那棵纤细的雪奥米树，耳畔回响起奥莉耶的声音。

“虽然肉眼看不见，但有很多东西支撑着那棵树，所以它才能活下来。我想让人们感受到有一个肉眼看不见的东西在支撑着他们。——我想成为那样的存在。”

“肉眼看不见的东西支撑着一棵树……”

想到这里，突然，一个想法清晰地浮现在爱伊莎脑海中。

“我必须站在天、地与人面前，做一个真诚无畏的人。”

不是以一人之力成为支撑人们的一道“光”，而是成为和人们互相支撑着而挺立的一棵“树”。

只能抱着这样的想法一路走下去。

爱伊莎深深地吸了一口气，随后低头俯视着广场。

“我母亲出生的地方……”

爱伊莎打破长久的沉默，开口说话。拉奥紧张地听着从露台传来的声音。

“我不知道是不是神乡奥乐玛茨拉。只是，从很久以前我就在想，和我母亲一样从异乡来的第一代香君是怎么想的。”

爱伊莎的声音并不大，像水一样静静地泛着涟漪，扩散开来。

“当上香使的时候，有人告诉我香君大人是这样看世界的：如果下大雨，可能发生山体滑坡，害死人们。可如果一点雨也不下，庄稼和草木就无法生长。所有的生物都希望一切能‘刚刚好’，可众神并不是这样创造这个世界的。

“生物之间的关系也是如此。让人讨厌的虫子，对于以这种虫为食的鸟来说，却是它们维持生命不可或缺的粮食。如果没有鸟，虫子过度繁殖，草木就会有生命危险。

“香君大人从风中感知的‘万象’，是世间万象，并不光是对人类有益的东西。”

一阵风吹过，吹动爱伊莎的头发。

“我看到的确实是那样的世界。如果只看对人类是否有益，万象便会扭曲，循环往复，又会对人类产生危害。”

拉奥凝视着沐浴在午后阳光中的爱伊莎。

“所以，我能做的不过是‘传达’——把我从风中得知的一切传达给你们。

“气味会告诉我各种各样的事。比如，奥乐稻会改变土壤的气味。土壤里有各种各样极其微小的生物，各自散发着独特的气味。这些气味交织在一起，浑然一体，形成了土壤的气味。不过，在种植奥乐稻的地方，土壤的气味会发生变化。所以，种植奥乐稻就不能再种植其他谷物，或许就是因为这个原因吧。

“有些生物能够敏感地捕捉到被奥乐稻改变后的土壤散发出的独特的气味，从而察觉奥乐稻生长在哪里。那种可怕的蝗虫希夏恐怕不仅能闻到奥乐稻的气味，还能闻到被奥乐稻改变的土壤的气味。它们能够追踪运货马车的车轮、马蹄和人们的鞋底沾染上的那种土壤的气味。”

人们沉浸在爱伊莎的话中。

“希夏虽然很可怕，却也很短命。为了活下去，它们来到我们这个与故乡截然不同的世界。为了活下去，它们拼命努力着。为了活下去，它们让身体发生了变化——产下更多虫卵，飞得更远。

“现在它们的生命还很短暂，不吃奥乐稻上的奥约玛就无法产卵，所以只要把沾染了奥约玛的奥乐稻全部烧毁，就能把它们彻底消灭。可是，它们为了活下去会拼尽全力。只要有几只苟活下去，为了生存，不知道它们今后还会发生什么样的变化。——我们正在和它们进行一场生死攸关的较量。”

拉奥看见爱伊莎把视线转向皇帝。

“皇帝奥德森。”

“在！”被爱伊莎叫到的奥德森紧张地回答。

“你刚才问我‘我们得救的道路在哪里’，其实你应该已经知道答案了。”

“……”

“希夏是一种什么样的生物？和奥乐稻有什么样的关系？我把我知道的一切都告诉了你。”

奥德森若有所思，目不转睛地听着爱伊莎的话。

爱伊莎温和地问：

“皇帝奥德森，作为香君，我来问你。为了平等地守护生活在这个国家的所有子民，你，选择哪条路？”

终章

香君之路

春日温暖的阳光照耀着白色干燥的山路和路旁的花草。

奥莉耶停了下来，爱伊莎连忙用手扶住她的胳膊肘。

“没事吧？”

奥莉耶微笑着说：

“没事。”

“真的没事吗？我们在这里休息一会儿，好吗？”

奥莉耶摇了摇头。

“我真的没事，还有一会儿就到了，对吧？”

“嗯，还剩一小段路，可是……”

“那我们走吧。”

奥莉耶慢慢走了起来。

“好像在做梦啊……”

春光照在脸上，奥莉耶说：

“能像这样走到这里来。”

奥莉耶花了很长时间，才能走路。

能走路以后，她也被头晕、头痛、耳鸣、恶心等各种各样的症状困扰。即使在中毒五年后的今天，这些症状也没有完全消失。

不过，奥莉耶一天天在好转，已经恢复了原来的美丽。

“比起以前，更美了……”

爱伊莎看着春光照射下奥莉耶的侧脸，心想。

“马修已经到‘祈愿河岸’了吧？”奥莉耶问。

马修一边护着奥莉耶，一边带路。刚才，他说先走一步去告诉尤马他们要来的消息，便把奥莉耶托付给爱伊莎，自己快步往山上去了。

“嗯，按照马修大人的脚程，在我们到达‘祈愿河岸’前，他没准能回头来接我们。”

二人一边聊着，一边慢慢往前走。

以前来的时候，这里是干涸的山谷，这个季节因冰雪融化，雪水流淌着。马修带着她们走别的路，到了这里。

大概是考虑到奥莉耶的身体，马修特地找了一条好走的山路。虽然比以前那条路花的时间多，却很好走。

不一会儿，她们沿着平缓的山路爬到尽头。出现在眼前的风景，令奥莉耶屏住了呼吸。

爱伊莎也入迷地看着眼前的风景。

第一次来的时候长满草的洼地，如今出现了池水澄澈的美丽池塘。

洼地底部的空洞被水覆盖，水面映照着天空，熠熠生辉。

春风拂过水面，波光粼粼。蜻蜓们像是在和水花嬉戏一样，舞动着透明的翅膀飞来飞去。

青香草盛开。

可爱的蓝色花朵绽放着。它们围在洼地四周，池塘看起来像戴着花冠一样。

被清新的香气包围着，爱伊莎不禁微笑起来。

“是青香草啊。”

奥莉耶说完，爱伊莎点了点头。

草原对面，白色的山脉绵延起伏，耸立在柔和的阳光下。阳光似乎有些晃眼，奥莉耶眯缝着眼睛看着群山，说：

“‘神门之山尤吉拉’是不是在那边的某一座山里呢？”

爱伊莎也眺望着白色群山，叹了口气。

“我想是的。那个时候，如果我们不追踪希夏飞向哪里，而是探寻它们从哪里飞来的，说不定就能找到尤吉拉，找到异乡的入口了……”

奥莉耶把脸转向爱伊莎。

“你那时候想去那里看看？”

爱伊莎苦笑了一下。

“一半一半。想去看看，又觉得没去也挺好的。”

她想去看看母亲出生在一个什么样的地方。但是，对于自己那个时候，选择不去异乡而是去追踪希夏，爱伊莎并不感到后悔。

“那个石头建的房子就是祈祷所吧？”

爱伊莎对奥莉耶点了点头。

“嗯。旁边那座小房子应该就是尤马的家。”

爱伊莎正说着，房门被打开，马修从里面走了出来。马修马上注意到她们，快步走了过来。

马修的父亲尤马没有回帝都，也没有住在阿扎雷乡，而是在乡里人的帮助下，在“祈愿河岸”旁建了个小房子，在那里生活。

知道这件事后，奥莉耶一直说想到“祈愿河岸”去，但她的体力恢复到能走山路花了很长时间。

尽管如此，她现在靠自己的双腿成功实现了愿望。

“没事吧？”

马修走过来，把奥莉耶从头到脚看了一遍。奥莉耶笑着说：

“我没事。——父亲他在家吗？”

“嗯。说是想着我们差不多该来了，今天没有出去逍遥。”

尤马的房子很小，但麻雀虽小，五脏俱全。

马修朝开着的房门喊了一声，屋里传来尤马起身的动静。

尤马站在摆放在小小的起居室里的饭桌旁，笑容满面。

虽然比起站在香君宫庭园里的那个时候，他的白发多了，但被太阳晒得黝黑的脸，看起来比那个时候健康多了。

尤马身上有青香草的气味。他怀里放着青香草吧。

“……尤马也变成利塔兰了吗？”

爱伊莎正在心里想着，听见奥莉耶说了一句“打扰您了”，看见她低头行礼，也连忙鞠了个躬。

尤马笑着说：“不，不，哪里是打扰，我一直盼着你们来。你们能顺利来到这里真是太好了。来，先洗洗脚吧。”

二人用凉水冲了冲脚，用手巾擦了脸上、脖子上的汗，走进起居室。

所有的窗户都开着，屋里很凉快，隐隐有春风的香味。

大约在接到马修送来的消息后，尤马就开始准备了。饭桌上摆着用冰凉的井水冰过的果汁和烤点心。

“走到这里来累坏了吧。来，先润润嗓子，然后再好好休息一下。里面那间卧室收拾好了。有话我们之后再说。”

尤马说完，二人喝了一口冰凉的果汁，燥热、疲惫的身体一下子凉爽起来，感觉又活了过来。

爱伊莎很感谢尤马提前做好准备，让她们能够休息。虽然脸上没有表现出来，但奥莉耶应该很累了。

点心里放了很多香喷喷的果实。吃完点心，喝完果汁，二人谢过尤马，随后走进里面的寝室，脱下外衣。

尤马很久前就开始准备了吧。寝室里摆着两张小床，床上铺着塞满了干稻草的被褥。钻进充满阳光气味的被子里，二人很快就睡着了。

二人醒来的时候，窗外的天空已经开始微微泛红。

空气里飘着饭香味。隐约能听见马修和尤马说话的声音。

爱伊莎正要起床去帮忙，听见奥莉耶说："再躺一会儿吧。他们俩难得能待在一起。"

爱伊莎心想"奥莉耶说的对"，又躺了回去。

不久，隔壁房间传来摆盘子的声音。又过了一会儿，马修来到门前，轻声说：

"……起来了吗？晚饭准备好了。"

穿上衣服，打开门，她们看见饭桌上摆着两个男人精心准备的食物。

"幽谷之民"在特殊的日子里会做的烤鸭——把发酵好的鸭肉，用添加了香料的酱料腌制，然后再用火烤制；还有山里的野菜、煎薄饼，都散发着诱人的香味。

"男人做的菜比较粗糙，不过还是可以吃的。来，快尝尝吧。"

尤马说完，爱伊莎她们开心地吃了起来。

烤得有点焦的烤鸭很香，一口咬下去，口腔里迸发出一股很难用语言描述的滋味。用薄煎饼卷着烤鸭放进嘴里，好吃得让人停不下来。

奥莉耶一边吃着，一边扑哧一声笑了。

"怎么了？"尤马问道。

奥莉耶用手掩着嘴说：

“来了以后，还没好好问候您，就吃了睡，睡了吃，想到这儿就觉得有些好笑……”

尤马也笑了起来。

“还真是。不过，对我来说，能看到你吃得津津有味的样子，比你问候我几百句都开心。你遭了那么大的罪，能恢复真是太好了。”

吃完晚饭，洗完餐具，奥莉耶说想出去走一走。

“池塘倒映着晚霞，多美啊。爱伊莎，我们一起出去走走吧。”

爱伊莎笑着摇了摇头。

“我就不去了。您和您的丈夫一起去散步吧。”

“又说这种话……”

奥莉耶轻轻拍了拍爱伊莎的肩膀，和马修二人出门散步去了。

爱伊莎走出家门，望着在黄昏下的草地上慢慢走着的二人。尤马拿出两把椅子，摆在玄关旁。

“要不要坐一会儿？”

爱伊莎刚要点头，突然想起什么似的说：

“您等一下，我马上回来。”

说着，她跑进屋，拿了两块搭在膝盖上的小毯子和两件外套。

“啊，谢谢！”尤马欣喜地接过小毯子和外套。

虽然已是初夏，可到了傍晚还是有些凉。夕阳西下，二人裹着温暖的毛毯，谁也没有说话。

晚风吹过，尤马开口说：

“你让他们过上了幸福的日子，可……”

看着一边聊天一边散步的二人，尤马说：

“你自己过得不开心吧？”

爱伊莎笑着摇摇头，说：“我没有不开心。”

尤马抬起眉头。

“是吗？真的吗？”

“嗯。”

看着奥莉耶纤细的身影，爱伊莎说：

“因为对我来说，香君宫并不是一个牢笼。”

在这五年里，很多事情发生了变化。

那一天，皇帝奥德森下令烧毁所有的“救赎之稻”，彻底消灭了希夏。可帝国也因此遭受了巨大损失，不安稳的日子持续了很长时间。

特别是在靠近大崩溪谷，不能种植奥乐稻的西坎塔鲁，以西马利基郡为中心，经常发生骚乱。辰杰国瞅准这个机会，频频和丘库奇接触，劝说他倒戈，战火一触即发，好在丘库奇最终没有倒戈。

挽留住丘库奇的是大幅度的减税措施以及新的经济振兴政策。

皇帝免除了西坎塔鲁与其他国家的贸易所得的税款，拨款整修道路，使西坎塔鲁能够通过贸易得到足够的收益。

烧毁了所有“救赎之稻”的农田，不久又种上了奥乐稻，帝国经济慢慢恢复。但奥德森深切感受到过分依赖奥乐稻的危险，命令富国省在经济趋于稳定后，探索奥乐稻之外的富国政策。

以此为契机，帝国开始积极推进经济复兴，并将范围拓展到藩王国，使各国的特产在帝国境内快速流通，一边提振藩王国与帝国双方的生产与消费，另一边开始尝试加深彼此的合作。

在这样的状况下，拉奥和爱伊莎一起着手对奥乐稻政策进行了改革。

首先，为了让人们严格遵守“最低下限”，用同样能抑制奥乐稻生长的油麻草取代含大量盐分的月蓟草，并对肥料配方进行微调，使它不用减量也能在海边使用，把帝国境内所有的“救赎之稻”都恢复成了原来的奥乐稻。

同时，恢复了《香使诸项规定》中关于预防奥约玛暴发的条款。

这两项措施虽然会导致奥乐米减产，但通过其他富国政策弥补了损失。下令从各个农村收集上来确凿的信息，通过这个办法掌握全国各地的气候状况与虫害的发生情况。

此外，增设了一个议事处。在这里，皇帝、富国省和香君宫能够各抒己见，在稳定经济的同时，探索使奥乐稻与其他谷物共存的道路。

虽然奥乐稻仍然是支撑帝国与藩王国的主要粮食作物，但人们终于开始认识到，有必要探索一条不完全依赖奥乐稻的发展道路。

在帝国开始转变的这一时期，香君宫也发生了很大的变化。——奥莉耶以生病为由，从香君宝座上退了下来。

一开始，即便每天只能躺在床上不能起身，奥莉耶也拒绝退位，因为她不想把重担压在爱伊莎一个人身上。但在和爱伊莎交谈的过程中，她意识到自己退位有利于改变香君制度，才决定离开香君宫。

当所有“救赎之稻”被火焰包围时，“香君因病退位，新任香君即位”的消息瞬间传遍了整个帝国。

人们认为绝不会动摇的东西在火光中熊熊燃烧，浓烟弥漫于帝国上空。就在这个时候，奥乐稻的守护神香君因病退位。随后，当奥乐稻重新在焚烧过的土地上萌芽之际，新一任香君即位。——在人们眼中，香君像这样完成了更迭，这也让人们感受到了新时代的到来。

离开香君宫时，奥莉耶在爱伊莎耳边说：

“……我是第一个没被装进棺材就离开香君宫的香君。”

那个时候，奥莉耶还没有办法站起来走路，她的脸色苍白，十分憔悴。可直到现在，爱伊莎也常常想起那时她眼中的光芒。

退位后，奥莉耶的去向被严格保密。离开香君宫后，她被秘密送到了尤吉诺山庄，在塔克等人的照料下，身体慢慢恢复。等她终于能站起来走路的时候，在知情人的祝福下，和马修举行了简单的婚礼。

奥莉耶一直为自己获得了幸福，而爱伊莎却被囚禁在冰冷的牢笼里而心怀愧疚，可其实爱伊莎并没有老老实实待在香君宫里。

“听说你被称为‘四处游行的香君’。”

被尤马这么一说，爱伊莎脸红了起来。

“听说不仅是在举行‘青稻之风’仪式的时候，一年四季你都行走在帝国的版图之上，甚至前往奥格达的岛屿。我还听说你没有用布遮着脸，光着脚就踩进田里。”

尤马平静地说。

“你想要改变香君在人们心目中的形象，对吧？”

爱伊莎凝视着尤马，说：

“我很幸运。”

“幸运？”

“是的。在希夏带来的灾难席卷全国的时候成为香君，所以找到一个谁也不能反对的理由——必须对土壤进行改良。”

从辰杰国和西坎塔鲁的情况还没稳定下来的时候开始，爱伊莎就离开香君宫，多次前往西马利基郡对土壤进行改良。

虽然很多人以这么做有危险为由阻止她，但爱伊莎并没有停止前往西坎塔鲁。因为她认为即使烧掉“救赎之稻”，任土壤继续发生变化，依旧很危险。

爱伊莎说万一与异乡之间的通道再次打开，希夏飞来，悲剧可能重演。这让人们不得不重视这个问题。况且，以保护香君为名，可以向西马利基郡派遣帝国的精锐部队，且不会刺激丘库奇。因此，伊尔不仅没有反对，反而十分支持爱伊莎的行动。

爱伊莎支付足够的工钱，让西马利基郡的农夫们帮忙，不断对土壤进行改良，直到土壤因种植“救赎之稻”产生的气味变化彻底消失。

不久，在人们以为作物再也不会结果的土地上，约吉小麦长出了金色麦穗。农夫们满脸笑容，欢呼雀跃。

曾经这里的人们因饥饿而哭泣，如今这片土地上又响起了欢呼声。爱伊莎想起了她的祖父。同时，衷心感谢那些给予她帮助，让她得以听到这些欢呼声的人们——奥莉耶、马修、拉奥和塔克等人。

在西马利基郡的工作告一段落后，爱伊莎也没有待在香君宫，仍旧四处游历。和香使、菜师、农人和当地的人们共同调查奥乐稻与其他植物的关系，并记录下来。

“原来如此……”尤马说。

“通过前往西坎塔鲁进行土壤改良，让更多的人意识到‘香君也会做这样的事’。你踏进农田，和农夫们交谈。看到这样的你，人们自然会觉得‘香君也是人’。”

爱伊莎说：

“是的。

“我和奥莉耶一次又一次地商量该如何打破人们对于香君的

幻想。

“香君的神性与人们对奥乐稻的强烈依赖紧密联系在一起。为了摆脱只依赖奥乐稻这一种作物的险境，必须打破人们对香君的幻想。但是，这件事必须慎之又慎，否则将使这个国家陷入危机……”

尤马点点头。

“是啊，留给你的只有一条窄窄的路。”

一群年轻人从祈祷所走出来。

他们对二人低头示意，慢慢走了起来。他们唱着傍晚的赞歌，围绕池塘四周的草地缓步走着。

听着晚风吹来的赞歌声，爱伊莎叹了口气。

“这条路在哪里？真的有这样一条路吗？我一直在迷茫中前行。我就像吸引飞蛾的灯火，不管我表现得多么普通，都无法避免引起人们的幻想。只要我还是我，人们认为我是拯救众生的神的想法就不会改变。别说路很窄，我走的可能是条死路。”

爱伊莎微微一笑。

“可我不能放弃做我自己。我能做的，只有面对大家，坚持做一个真实无伪的我。”

“所以，你一直四处游历……”

“嗯，”爱伊莎点点头，说，“我四处游历还有一个目的。”

“目的？”

“我想把自己知道的事告诉更多人。我希望大家都能自己做出判断，希望大家知道自己的行为会带来什么样的后果。”

“……”

“在希夏刚出现的时候，如果西达拉种植区的农夫们知道希夏有多么可怕，事态可能就会改变。也许有人会想，得在这里把它们消灭，以免它们扩散到其他种植区。对他们来说，要烧毁奥乐稻是件很痛苦的事，很难下定决心。可如果他们能想象到不把稻子烧毁会导致什么后果的话，没准他们就会放火烧田了……”

爱伊莎凝望着黄昏的草地，说：

“只要有知识，就算是边境的农夫，没准也能靠自己拯救自己的未来。但是……”

爱伊莎的神情有些难过。

“我的存在妨碍了这种可能成真。

“我的存在让人们觉得既然有知晓万象的神存在，就把事情都交给她去想吧，我们只要听她的就行了。可我这个香君，哪里知晓万象，反而是万象不知啊。”

爱伊莎长叹一口气，摇了摇头，接着说：

“香君的存在，对帝国统治人民来说是一件再好不过的事，可她的存在也很危险，很可怕。——让所有人服从一个声音。”

尤马沉默地想了一会儿，开口说：

“……我也一直在思考同样的事，所以很理解你的担忧。

“但是，经历过希夏的灾难后，我反而深刻感受到你说的‘一个声音’发挥了很大作用。世间有各种各样的人，很多人对于自己的利益不肯让步分毫。如果一味尊重他们的意见，很可能已经发生了让人不忍目睹的惨剧。”

爱伊莎点了点头。

“每条路都有它难走的地方。”

爱伊莎叹了口气，仰头望着黄昏的天空。

“即便如此，我还是想寻找一条路，让人们不再把香君当作神。如果现在不去改变，总有一天悲剧会重演……

“人们会渐渐淡忘这场灾难。帝国如果继续利用香君与奥乐稻扩大统治，或许又会出现想要增加奥乐稻产量的人，也可能出现为了摆脱帝国统治，想要知道‘发芽的秘密’的人。”

爱伊莎一边思考，一边慢慢地说：

“奥乐稻还有很多我们不知道的秘密，不能任人们随心所欲地种植。

“‘发芽的秘密’是维系帝国对藩王国统治的枷锁，也是保护人们的屏障。如果任不了解奥乐稻可怕之处的人随意种植，不知道它会发生什么样的变化。如果有人为了摆脱帝国统治而大量种植奥乐稻，灾难很有可能还会降临……”

爱伊莎把视线转向尤马。

“所以，我想趁现在尽可能对奥乐稻进行调查。

“尽可能把只有我能发现的情况，我能从气味中得知的信息，详细地记录下来，让更多人知道。

“要把哪些情况告诉人们？通过什么方式告诉人们？这些问题还需要慎重考虑。不过，在这之前，最重要的是要对奥乐稻有更多的了解。

“幸运的是，富国大臣的长子尤吉尔 · 卡修加很积极地协助我，不仅让香使和‘利亚菜园’的菜师、农人帮忙，还让新卡修加家族‘罗亚工坊’的工匠们也一起帮忙。”

“啊……”

“我认为，最终要慢慢消除人类与神之间的距离。——不是神，而是人，凭借人的智慧，找出了通向这样的未来的路。我想让事情朝着这样的方向发展。所以，我想找到法则一样的东西，不用依赖气味，只要有线索，谁都能做出同样的推理和思考。”

爱伊莎轻轻歪过头。

“可是，我真的很害怕。在留给我的时间里，我真的能做到吗……”

尤马的眼睛睁大了一点。

“你觉得你可能活不长？”

爱伊莎抬头望着黄昏的天空，说：

“想想我母亲去世的年纪，只剩不到十年了。”

尤马默默地盯着爱伊莎看了一阵才开口说：

“可能听起来像是在安慰你，但我觉得你会比你母亲和我妻子她们活得长。”

“……”

“因为从异乡来的人，包括第一代香君，寿命都不长，所以你觉得你自己也活不长，对吗？”

“嗯。”

尤马摇了摇头。

“我不这么认为。因为你和她们很不同。”

“……欸？”

“你想想看，第一代香君留下后代了吗？”

爱伊莎睁大了眼睛。

“没有留下。不仅是第一代香君，阿扎雷的传说中从异乡来的女孩们都没有留下后代。除了你母亲和我妻子。”

尤马慢慢地说。

“我觉得是因为‘那个地方’发生了某些很大的变化。”

尤马突然停下，用手抚着胸口。

他的脸痛苦地扭曲着。爱伊莎吓了一跳，连忙扶着尤马的肩膀问：

“您没事吧？”

尤马轻轻推开她的手，说了一句“我没事”。

“一想到那个地方，这里就很难受……”

尤马摸了摸胸口，苦笑着说。

“现在，我终于明白利塔兰为什么会在山中彷徨，为什么会随身携带青香草了。因为每次一想到那个地方，胸口就会发疼。”

尤马低声说。

“不知道自己到底渴望什么，却总觉得有一个应该回去的地方，所以忍不住想回去。可是，又不知道该怎么回去，只能忍耐……”

尤马攥紧抚着胸口的手，说：

“好在手一摸到青香草，胸口就没那么疼了。——可能是因为青香草也来自那个地方吧。虽然对我来说，根本闻不到它的气味，它只是一朵普通的花而已。”

尤马闭上眼睛，低头想了一会儿。不久，他睁开眼睛，凝视着在暮色中逐渐昏暗下来的草地和开在草地上的青香草。

“我妻子经常说青香草很好闻，它的香味让人心旷神怡。”

“所以你身上有青香草的香味啊。”

想起遥远的过去和母亲的对话，爱伊莎低下头说：

“我母亲也这么说。她也能闻到青香草的气味。”

说到这里，爱伊莎脑海中突然闪过一件事，抬起头看着尤马。

“我一直想如果能见到您的话要问问您，您知道我母亲为什么会被送到远离大崩溪谷的藩都，嫁给我父亲吗？您知道其中的缘由吗？”

“啊……”

尤马想了想，开口说：

“阿扎雷一族的长老，也就是我的岳父——马修的外祖父，和你的祖父是老朋友。”

“欸？”

“我知道这件事的时候，西坎塔鲁的局势很微妙，所以为了防止万一被人知道，我连在手记里也没写……

“利格达尔成为藩王国后，东坎塔鲁也希望能成为藩王国。我想应该是我岳父担心西坎塔鲁也会成为藩王国，开始种植奥乐稻，所以去拜访了凯尔安王。因为他是唯一一个知道过去这片土地上发生过什么样的灾难的人。”

“灾难是指《香君异传》里记载的‘饥饿阴云’的传说吗？”

“嗯。不过，这些不是我岳父告诉我的，是我从他偶尔不小心说漏嘴的话里推断出来的。所以，你就当成个故事听听吧。”

“好。”

“如果‘饥饿阴云’的传说和这次希夏来袭是一回事的话，那么皇太祖们在大崩溪谷种植奥乐稻的时候，应该就暴发过奥约玛虫灾。”

说着，尤马看着爱伊莎。

“听说你在吉拉姆岛上看见了在海风中也能生长的奥乐稻？”

“是的。野生的奥乐稻似乎能够抵御海风。减少肥料的用量，使之接近野生奥乐稻的话，奥乐稻的生存能力就会变得更强。‘救赎之稻’生命力很顽强，不仅不怕海风，也不怕奥约玛。”

尤马点点头。

“是吗？但是，它的强大是一把‘双刃剑’。如果是害怕奥约玛的奥乐稻，会在它呼唤希夏前枯萎；而在遭遇奥约玛虫害后也能活下来的‘救赎之稻’，最终会把希夏呼唤过来。”

尤马看向白色的山脉，说：

“我想，和我们现在种植的奥乐稻相比，第一代香君他们在这片土地上种植的奥乐稻或许更接近野生的奥乐稻。

“在大崩溪谷，小麦能种活，稻子则种不活。因为土壤不适合。他们在那片种不活稻子的土地上尝试过种植奥乐稻，应该是希望它能顽强地生存下来。

“如他们所愿，奥乐稻在这片土地上也生存了下来。它是那么地强韧。

“可也因为它的强韧，打开了通往神乡的道路，导致希夏飞了过来。”

第一次来到这里时的情景浮现在脑海中，爱伊莎不禁抱住自己的胳膊。

“……可是，为什么？”

爱伊莎喃喃地说。

“第一代香君应该对奥乐稻有所了解，为什么还会做那样的事？”

尤马发出一声叹息。

“来到这里的时候，她才十三岁。”

“啊……”

是啊，她那时不过十三岁。

“她心里也很害怕吧。”爱伊莎心想。

想到年仅十三岁就来到“他乡”，不得不在这里生活下去的少女，爱伊莎低下了头。

尤马继续平静地说：

“况且，就算她对奥乐稻有所了解，可那毕竟是她第一次在一个陌生的地方尝试种植奥乐稻，奥乐稻或许也发生了一些出乎她意料的变化。奥约玛、希夏、帕里沙，还有奥乐稻，它们之间的关系或许和在她家乡时也不一样。”

望着连绵的白色山脉，尤马说：

“总之，阿扎雷族人遭遇了可怕的灾难。那时候，帕里沙还在，听到奥乐稻的求救声飞来消灭了希夏。可就算是这样，在灾难结束前，不仅是田地，连山野也遭了灾，人们的生活陷入水深火热之中。

“于是，在希夏带来的灾难平息后，阿扎雷族人分成了两派：一派把奥乐稻称为‘被诅咒的稻子’，决心再也不种奥乐稻；另一派没有放弃种植奥乐稻，认为如果在远离神乡的地方，就算种植奥乐稻也不会招来希夏，决定把希望寄托在这种可能性上。”

“……”

“希望继续种植奥乐稻的人们，带着奥乐稻离开了故乡。

“第一代香君和他们一起踏上了旅途，为了让奥乐稻不再引发灾难，她一定想了很多办法吧。

“那时，她意识到了一个问题——在大崩溪谷种植奥乐稻用的办法是很危险的。

“所以，她才把在大崩溪谷用过的肥料的量定为禁忌吧。要求人们必须使用比那更多的肥料，来抑制奥乐稻的生长。这样的话，就算奥约玛万一暴发，奥乐稻也会随之枯萎，不会把希夏招来。”

“……‘最低下限’就是这么来的吧？”

“是的。”

尤马突然面露苦笑。

“相传香君说过‘不论发生何事，若使用的肥料比这个量少，奥乐稻就不再是上天的恩赐’，所以人们误以为‘最低下限’是让奥乐稻没有毒性的关键。多亏了这个误解，就算在一心想扩大种植规模的年代，人们也遵守了这个规定……”

尤马又叹了口气。

“但是，就算人们严格遵守‘最低下限’的规定，阿玛亚湿地还是暴发了奥约玛灾害。”

“因此香君又制定了新的规则，要求人们在奥约玛暴发时，往肥料里添加猕夏草，进一步抑制奥乐稻的生长。”

尤马点点头，慢慢摸了摸自己的脸。然后，用阴沉的眼神看着远处的群山，静静地说：

“如果第一代香君的话更多地流传下来，我们的生活或许会与现在不同。

“可惜第一代香君的很多话失传了。离开大崩溪谷，远行的旅人们的后代，最终利用奥乐稻潜藏的巨大力量扩大了版图。”

“……这就是乌玛鲁帝国的起源。”

“是的。”

“留在故乡的人们，视种植奥乐稻为禁忌。”

“没错。”

“可是，他们为什么没有把引发灾难的原因告诉后代？如果说了的话……”

尤马笑了。

“因为‘如果说到，他就会出现’。”

爱伊莎心想“这样啊”。她想起以前从马修那里听到的话，说了一句“原来是这样，所以……”。

“是的。他们是怕一旦提起，灾难就会再次降临。但他们并没有遗忘，而是把它作为只有阿扎雷族的长老才能知道的故事，一代代传承了下来。”

“所以，您岳父很害怕吧。担心如果西坎塔鲁成为乌玛鲁帝国的藩王国，也会在这片土地上种植奥乐稻。”

说着，爱伊莎似乎看到了故事的走向，顿感愕然。

“那么，祖父不同意种植奥乐稻是因为……”

尤马点了点头。

“这也是我的猜测，我想应该是因为他相信了我岳父的话。”

爱伊莎无言地凝视着尤马。

“我岳父曾经跟我说，他见过凯尔安王。当我问他为什么阿扎雷人那么敬爱凯尔安王时，他说‘因为他是个了不起的人’。通过一次又一次的见面，他对凯尔安王产生了敬意。”

“所以，把我母亲……”

“很有可能。”

尤马眼前仿佛出现了往日的情景。

“我和我妻子成婚的时候，岳父说‘我的女儿有天赋之才，只要吃她做的饭，你就不会中毒’。”

听到这番话，爱伊莎眼前浮现出母亲的身影，耳边响起母亲的声音。

“这是冻草，你能闻出来吗？”

母亲一边说着，一边让爱伊莎轻闻冻草的气味。爱伊莎仿佛又闻到了那个时候母亲指尖的气息，不由得闭上了眼睛。

“母亲熟知想要伤害别人的人散发出的气息，想把这些本领都教给我……”爱伊莎心想。

一点一点知道很久以前——在自己出生的很多年前发生的事，爱伊莎感到心中涌起一股热流。

“您岳父为了保护我的祖父，把我母亲……”

“是的。我想他是为了保护凯尔安王，不被那些渴望种植奥乐稻的氏族的阴谋诡计所害，才把你母亲送到凯尔安王身边的。”

“母亲的人生是什么样的？她度过了怎样的一生？”爱伊莎心想。

被从异乡带到大崩溪谷，还在孩提时代就被送到凯尔安王身边，然后嫁给了父亲。

祖父拒绝种植奥乐稻，被众多氏族疏远，因为让许多民众挨饿被赶下了藩王之位。陪在祖父身边的母亲心里是怎么想的呢？

“母亲如果还活着，我想问问她。——问问她心里是怎么想的。”爱伊莎一面想着，泪水滑落脸颊，忍不住用双手捂住了脸。

母亲生活在其他人无法理解的由气味组成的世界里，虽然很孤独，但她还是默默守护着祖父、父亲和她的孩子们。

爱伊莎感到有人把手放到了她背上。她低着头，感受着那只手的温暖。

“你母亲的人生过得并不轻松……”

尤马的声音响起。

“不过，如果有天堂，她看到你所做的事，一定会很高兴的。”

绕着草地进行晚间祈祷的年轻人们走近了，一度消失的赞歌声再次响起。

乘着晚风飘来的歌声，是年轻人们的祈祷。——他们祈求上天，让人类这种渺小的生物，在广阔的天地间好好生存下去。

听到祈祷的歌声，尤马低声说：

“如果知道这片土地上发生的事，我岳父也会感到很高兴吧。——他们一代代传承下来的故事终于起了作用。”

爱伊莎长长吐了口气，轻轻把手放下，抬起头。

“谢谢……”

晚风带着凉意，拂过爱伊莎被泪水打湿的脸颊。

黄昏的天空变成了深蓝色。天空仍有一抹红晕，淡淡地染红了白色的群山。

“……为什么？”

爱伊莎喃喃地说。

“我母亲她们为什么要离开故乡？为什么要离开故乡，到遥远的异乡生活呢？”

尤马眺望着白色的山脉，说：“她们可能是‘种子’。”

“种子？”

“嗯。草木为了繁衍后代而吹向远方的种子。”

尤马叹了口气，说：

“我不确定是真的听见了，还是在做梦，总觉得有人对我说过‘从异乡飞来的鸟儿啊，请一定把种子衔向远方’。虽然因为某些原因，我并没有带着女孩回来……”

尤马把手放在胸前，慢慢揉了揉胸口。

“我大概是记得在那个地方生活时的一切的。只是，那些记忆沉入了内心深处，想回忆也回忆不起来。偶尔，真的是偶尔，我会感到有什么风景、场景从脑海中一闪而过，似乎听到了什么声音。但是，这些就像梦中的记忆一样，想抓却抓不住。”

尤马叹息道：

“即便如此，如果我这种妄想般的想法，是我在那个地方的所见所闻的记忆的片段，那么大概那片土地上有什么正在走向消亡。因此，每当和这个世界连接的通道打开时，都会把女孩送过来。——为了让血脉延续下去。”

“……”

“就像在枯萎前把种子吹向远方的花草一样，每当通道打开，那片土地上的人们就会把‘种子’送过来。只是，这些种子很难在这里生根发芽。”

尤马轻轻转过头，看着爱伊莎。

“你和你弟弟，还有马修，或许是第一次在这里萌发的生命。是那片土地上的生命和这片土地上的生命相结合，诞生的新生命。”

夕阳西下，四周陷入蓝色的黑暗之中，风变冷了。从尤马身上散发出来的温柔气息，让爱伊莎想起了过去那个把她抱到泉水边，轻轻地抚摸着她的老人的手心的温暖。

“长久以来，我一直很担心人们对奥乐稻过度依赖。”

尤马望着暮色中的群山，对爱伊莎说：

“因为不能适应作为新卡修加家族嫡系男子的生活，我逃避似的躲进图书寮里。当我在那里读到《香君异传》和《旅行记》时，感受到了蕴藏在其中的‘无声之声’——祖先们虽然知道持续种植奥乐稻，最终可能引发灾难，却不能明说的苦恼。”